こじらせ寵姫は
陛下と恋愛本で演じ中

佐　槻　奏　多
KANATA SATSUKI

一迅社文庫アイリス

CONTENTS

アドルフォ

ユーグの側近である伯爵家の子息。
ユーグが呪われていないことを知っている。

エルヴィラ

ユーグに嫁いできた帝国の王女。
リアンが寵姫であることを疑っている。

パルティア

後宮の第三妃で、
アドルフォの元婚約者。
嫌がらせ後宮の協力者の一人。

アニー

リアン付きになったメイド。
実は黒薔薇団の団員の一人。

こじらせ寵姫は陛下と恋愛本で演じ中

Kozirase Princess & The King Act in a romance book!

CONTENTS

KOJIRASE 用語解説

秘密結社 黒薔薇団	商人が関わっている秘密結社。貴族の団員が多いらしく、全貌が掴めない。諜報から暗殺まで請け負う優秀な組織らしい。
仮面王の嫌がらせ後宮	元々、ランバート王国にはなかったが、帝国の王女を王妃にしないために作られた後宮。後宮妃の中には、後宮解散後に結婚の記録を消し、王への協力者として勲章が授与されることが知らされている。

ユーグ
ランバート王国の新王。つけると冷酷になる仮面に呪われているせいで、周囲から恐れられている。しかし、実際は呪われてはいない。
リアン
最近亡くなった前王妃の女官。ユーグの秘密を知ってしまったせいで、いつわりの寵姫として後宮入りすることに。実は、秘密結社「黒薔薇団」の一員だった前世の記憶を持っている。

イラストレーション◆深山キリ

[illegible] Princess & The King [illegible] i[illegible] a romance book

プロローグ

半月が、王宮にある神殿の天窓から光を投げかける頃《ころ》。

ひっそりと人目を避けるような時刻に、結婚式が行われていた。

神殿の中は出席者で満席だ。予告してからほんの二週間後の式なのに、王都近隣の領地の貴族達までが、こぞって出席したからだ。

行儀よく座りながらも、彼らのひそひそ話が止まらない。

――まさか、陛下が後宮妃のために結婚式をするなんて。他《ほか》の妃《きさき》とはしていないのに。

――相手は男爵令嬢？　亡くなった前王妃殿下の女官ですって？

ざわめきは、鈴の音が鳴り響いたところで止まった。静まり返った神殿の中に、高く低く響く弦楽器の音色と共に、問題の国王と新たな後宮妃が入場した。

その二人の姿に、誰《だれ》もが目を疑った。

「え、白じゃない……？」

一人は銀灰色の髪の青年、ユーグ王。

普通、結婚式には白い衣装を着るはずなのに、彼は黒の服に真紅の豪奢《ごうしゃ》なマントを羽織っていた。その服はユーグの銀灰色の髪と、顔の上半分を覆う模様のない白い仮面の異様さを引き立てている。

そしてもう一人、一歩遅れて入った後宮妃リアンの衣装も、白ではなかった。

赤と黒の薄絹を重ねて深い色合いにしたドレスだ。肩から胸元までを精巧な造花が彩り、絡みつく蔦《つた》に血赤の薔薇《ばら》が咲き乱れている。

このドレスを着ることになった時、リアンは不安だった。自分は秀でた美貌《びぼう》を持ってはいないのに、目立つ色を着て大丈夫なのかと。

でも、着つけを手伝ったメイド達はドレスがよく似合っていると、心から思っているようだった。ミルクを入れた紅茶のような色の髪が、上手《うま》く黒薔薇の色を引き立てているのか、それとも黒薔薇と似た暗い赤の瞳《ひとみ》が際立つからなのか、リアン自身には判断できない。

リアンと青年を祭壇で迎えた神官は、控えていた聖歌隊に歌わせた後、結婚に関する神書の一節を読み上げる、通り一遍の手順を踏んだ。

そして、最後の誓いの宣言の時を迎える。

「病める時も健やかなる時も、彼女を支え愛することを誓いますか？」

白に銀糸と青い糸で縁取りをされた祭祀《さいし》服を着た神官の言葉に、ユーグが答えた。

「誓います」

そしてリアンも、もう一生こんな言葉を口にすることはないだろうと思いつつ、返事をした。

「誓います」

「それではここにユーグ・ルーアン・ジル・ランバート国王陛下と、リアン・クローゼ男爵令嬢の結婚が成立したことを宣言します」

わっと拍手が起きたのは、神殿の中列以降の人々からだけだった。

彼らもこの状況に戸惑いつつ、『結婚式は祝福するもの』と思って拍手をしているだけだろうけど。一方、前列にいる他の後宮妃達の表情がすごい。

憎々し気な目をこちらに向けている。

(うーん、可愛《かわい》い顔が台無し)

思わず口に出してしまいそうになるのは、リアンがひるんでいる証拠だ。

なにせリアンは、いつわりの寵姫《ちょうき》としてユーグの後宮に入る。

先に後宮妃となった彼女達と、真正面から対立する立場になるのだ。

面倒なことになったとは思うが、やると決まってしまった以上はと、他の後宮妃がしなかった結婚式にも賛同したのだけど……。

「リアン？」

横にいるユーグにささやかれ、ぱっと彼の方に注意を向けた。

月の光のような銀灰色の髪のユーグ。このランバート王国の王になったばかりの彼こそが、リアンが後宮に入ることになった原因だ。

仮面のせいで異様な印象を与える彼が、ゆっくりとその仮面を取った。

後宮妃達が息をのむ。

夜でなければ、仮面を外せない呪《のろ》いがかかっているユーグ王。国王としてパーティーを開くこともめったにないので、素顔を見かけることはそう多くない。

けれど見れば一瞬で心奪われそうなほど、怜悧《れいり》な美しさなのだ。

リアンもつい、目が離せなくなる。

「誓いの口づけをお願いします」

神官がそう促した瞬間、はっと我に返る。

その時には、無表情なままユーグがリアンに顔を近づけてきていた。

——君は目を閉じているだけでいい。

そう言ってくれたことを思い出して、リアンは迷わずそうした。

暗闇《くらやみ》の中、唇にかすかに触れる、やわらかな感触とぬくもり。

離れてからも、なぜかじんじんとそこに痕跡《こんせき》が残っているように感じてしまったのは、リアンが意識しすぎているからだろうか。

(一体どうして、こんなことになったんだろう)

リアンはしみじみと、二週間と少し前のことを思い出していた。

一章　女官も歩けば秘密にぶつかる

その日、リアンはいつも通りに王宮の墓へ向かっていた。

数カ月前に亡くなった前王妃に、花を捧《ささ》げに行く日課のためだ。

前王妃に仕えていたのでリアンが花を捧げに行くと言っても、誰《だれ》も不思議には思わない。

ただ「前王妃の女官は暇そうでいいわ」と、他《ほか》の女官達に言われるのが少し面倒だった。

「忙しいのはわかるけど……。前王妃様の女官が自分つきになるのを、後宮妃達が嫌がったわけだし、仕方ないじゃない？」

新しい家具でなければ嫌だとか、カーテンの色はこれがいいとか、様々な要望を聞く後宮担当になった女官の仕事は多く、暇になった前王妃の女官がやっかまれたのだ。

ただ、後宮妃はデリア前王妃と反目していた……時には暗殺までしようとするほど仲が最悪だった、ヨーゼフ前国王の息がかかった貴族の令嬢が多かったのだ。

その関係で、後宮の担当からはじかれただけである。

（なんにせよ、後宮の女官とか、陰謀の匂いしかしないもの。遠ざかれて良かった）

内心ではリアンは喜んでいた。複数人が一カ所に集まって、一人の人間に選ばれようとしたら、争いが起きるもの。それが権力を持つ貴族の娘なら、人を使って毒を飲ませたり怪我《けが》をさせることだって想定できた。

リアンは平穏に生きたいので、そうしたものに関わりたくないのだ。

「ただでさえ、『仮面王の嫌がらせ後宮』なんて呼ばれてる、帝国王女の追い出し作戦なのに」

そもそもランバート王国には、後宮などなかった。

発端は、前王ヨーゼフが、勝手に約束していた帝国の王女と、当時王子だったユーグとの結婚話だ。

愛人の息子が夭折《ようせつ》し、さらには自分が病にかかったヨーゼフ前国王は、ユーグとデリア前王妃の勢力に屈せざるをえなくなっていた。

なにより息子であるユーグを暗殺しようとしたこともあったヨーゼフ前国王は、ユーグが仮面の呪《のろ》いを受けて以後、息子をひどく恐れていた。

そのため前王ヨーゼフは、譲位をしてユーグの怒りから逃げつつも、一矢報いてやるとばかりにこの結婚を画策したらしい。

「帝国の王女と結婚をするなら王位は譲る」と。

ユーグはこの条件を受け入れたが、結婚しても帝国の王女を王妃にしなくて済む方法として、後宮を置いたのだ。

なにせ帝国は、ランバート王国を欲しがっていた。王妃が帝国の王女に決まってしまうと、子供の代で併合されてしまいかねない。それを避けるためだった。

思惑をくじかれたヨーゼフ前国王は、悔しがりながら隠居――もとい、幽閉先の荒れ地に囲まれた古い城へと追いやられた。

それを見て気分がすっとしたのか、少し前から病床についていたデリア前王妃は、おだやかに微笑《ほほえ》みながら亡くなったのだ。

最後の言葉は、『この騒動が治まったら、本当に好きな人と結婚してね』というものだった。

デリア前王妃がそんなことを心配した理由は一つ。

リアンが通りがかった庭の一角で、三人で箒《ほうき》を片手にメイド達が噂《うわさ》していた。

「後宮から王女様がいなくなったら、他の後宮妃様と陛下は結婚なさるのかしら？」

「ダメでしょ。あの仮面の呪いがある限り」

「ああ……」

誰ともなく、声が漏れる。

新王ユーグは、仮面に呪われている。

仮面は捨ててもどこからともなく戻って来るし、夜になると外せるのに、朝になると身に着けたくて苦しくなるらしい。

（そんなことってあるかしら？）

現実主義のリアンは、疑問に思う。しかし幼少期から剣が得意ではなかったユーグが、仮面を偶然手に入れてからは、多くの敵を自らの手で斬《き》り倒す英雄的な活躍をし出したのだ。

欠点は、仮面をしている間は冷酷になること。

「せっかく王妃になっても、仮面の呪いのせいで突然斬り殺されるとか、嫌じゃない？」

「そんな怖い人のところにお嫁に行きたくないわ……」

「気に障ったからって、斬り捨てられた側近がいたのは本当？」

元側近の遺族が、ヨーゼフ王に抗議しに来ていたので嘘《うそ》ではない。

事件のことを聞き知った誰もが驚愕《きょうがく》し、呪いの仮面の話が一気に浸透したのだ。

以後、仮面をつけたユーグを、誰もが恐れるようになった。

「後宮にいるお妃様《きさき》の中には、帝国の王女が陛下の気持ちを引けなかった場合に、王妃になるためにいるって聞いたけど……」

「夜なら呪いが解けるから大丈夫って思ったのかしら？」

そんな噂話から遠ざかり、リアンは王家の墓へ近づいて行く。

墓は、山の形に四角い石が積まれた屋根の、外観からして荘厳そうな……別の表現で言うと武骨な作りになっている。

周囲は綺麗《きれい》に草が刈られ、花壇もあるだけの寂しい場所だ。

ここに来たのは、目的があるからだった。

(あ、今日《きょう》もいる)

一人のメイドが墓の前でうろついている。

ランバート王国の墓は高価な副葬品を置かないので、衛兵はほとんど巡回に来ない。そのため、メイドはあまり周囲を警戒していないようだ。

やがてそのメイドは、現れた男性を見つけて駆け寄った。

男性の黒灰色の上着には華麗な刺繍《ししゅう》がほどこされている。貴族が連れ歩く従者は、見栄えのいい衣服を着せるものだけど、顔立ちは普通。顔の良さで選ばれることが多い従者としては、違和感が強い。

従者風の男性は、小さな袋をメイドから受け取った後も、王墓に留《とど》まっていた。

(情報屋か何かかしら?)

帝国の王女がランバート王国へ来て以来、暗殺者や後ろ暗い組織の人間を見かけることが多くなった。そして密会しやすいのか、彼らは王墓の側《そば》によく出没するのだ。

リアンがここへ来るのは、陰謀に巻き込まれないため。

(前世は不摂生と不眠症で病気にかかって、早世したから、健康に生きていくためにも、暗殺に怯《おび》える生活はしたくないのよ)

――リアンには前世の記憶がある。

両親にも話していない。ランバート王国で前世の話などしたら、鼻で笑われてしまう。神殿が生まれ変わりを認めていないからだ。善い死者は神の元に招かれ、神と同一化するという教義なので。

もちろんリアンも、自分の記憶が間違っているのでは？　と疑って調べつくした。

前世のリアンは秘密結社『黒薔薇団《くろばら》』の一員だった。

そんな前世の自分は実在したのか、自分が知っている事件はあったのか、関わった人達も存在しているのかを確認した結果……真実であることは疑いようがなくなったのだ。

（黒薔薇団が行った、デリア前王妃の政略結婚や前王の陰謀を潰《つぶ》した事件も、それによって黒薔薇団が王都で勢力を拡張したことも、全部実際にあったことだった）

疑いようもない記憶を目の前にして、リアンは深く納得し、決意したのだ。

（今世は陰謀に関わらない！）

健全な生活を送るために、陰謀から遠く離れ、かつ陰謀に巻き込まれないようにするのだ。

だから、密《ひそ》かに動く者達の動向を把握して、逃げられるようにしたかった。

（あの人、誰かを待っているのかしら？）

従者風の男性は動かない。王墓の陰に隠れるようにして、じっとしている。

やがて従者の背後に数人、衛兵らしき服装の男達がやってきたのが見えた。

衛兵には王墓の陰に身を潜めさせ、従者風の男はそのまま誰かを待つ。

(どこかの派閥が依頼した暗殺者？　いえ、私の知ってる暗殺者のギルドとはクセが違う)

知らないことは気になる。どこの暗殺者なのか把握したい。

リアンは物音を立てないよう、ゆっくりと時間をかけて移動する。

特別な訓練をしていない今の自分では、前世のように暗殺者かと見紛《みまが》う動きは無理だ。見つからないように、最大限注意しなければならない。

近くの木陰に身を潜めた直後、庭へと続く小道を歩いて来る人が現れた。

彼は足音や存在を隠してはいない。

間もなく堂々と姿を現したその人を見て、リアンは目をまたたいた。

(陛下……？)

白い仮面をしているので、国王ユーグに間違いない。

やや疲れている動きだったので、誰もいない場所に休みに来たのかもしれない。

そうだとしたら危険だ。不意をつかれたら、どんなに強い騎士でも暗殺されやすくなる。呪いの仮面があっても、それは同じはず。

(助けたいけど、私の存在を知られるのも困る)

こんなところにいた理由を聞かれても困るし、まだ襲われていないうちから、暗殺の危機を知らせたら、余計に疑われそうだ。

言い逃れができても、リアンのことは印象に残ってしまう。すると、別の事件が起こった時にも、リアンに疑惑の目が向けられる可能性が高くなるので厄介だ。

しかしその間に、暗殺者達が「陛下！　ここにおられましたか」と出てきた。

(あ、不意打ちはしないのね)

少しほっとするが、多対一では、いかに呪いで強くなっても勝てない可能性はある。

かく乱のために、石を投げるか……と足元に石がないかとリアンは足元を探す。

その間も、従者風の男はどんどんユーグに近づいていった。

石を掴《つか》んで顔を上げたリアンは、ユーグの口元が、うっすらと笑みの形になっているのを目撃してしまう。

――あ、まずい。

と思った時には、ユーグが従者風の男に抜き身の剣を向けていた。

「一応忠告しておく。これ以上近づけば殺す。その覚悟はあるのか？」

「何をおっしゃいますやら」

従者風の男が揉《も》み手で愛想笑いを浮かべた。

「陛下に、ぜひとも新しい後宮妃になりたいので、話をさせていただきたいと、当家のお嬢様が探しておられまして。陛下のことを探していた次第でございます。ぜひ……」

そんな従者風の男のセリフを、ユーグは斬って捨てた。

「会う必要はない」

「……は？」

「よってそのまま帰れ」

（ユーグ陛下って、こんな人なんだ……）

実はリアンは、ユーグと近くで接したことがない。

デリア前王妃の側にいた頃《ころ》は、デリア前王妃とユーグが会う時に、女官の大半が下がるように言われていた。

ユーグが、突然『不愉快だから』と他人に剣を向けるかもしれない、とのことで。

だから噂で彼の冷酷さを聞くばかりだったのだ。

「そ、そんな。お願いいたします、どうかご慈悲を！」

従者風の男は、慌てた様子でユーグに近づいた。

今度は、ユーグは止めなかった。その手が肩に触れそうになったとたん、従者の手が袖口《そでぐち》から細長い針を掴み出したのが見える。

「あ、危な……！」

思わず叫びそうになったリアンだったが、遅かった。

「……っ!?　ぎゃあああああっ！」

侍従は斬り捨てられて叫び、その場に倒れ伏した。

そのとたん、ユーグが隠れていた者達に囲まれる。彼らは衛兵に扮《ふん》した暗殺者なのだろう。

しかし衛兵の服を着ているのに、逃げる時のためか、顔の下半分だけを黒い布で覆っていた。微妙にせこい。

暗殺者達は、声もなく一斉にユーグに襲い掛かった。

ユーグの方は、至極冷静だった。

一撃を一歩引いてかわし、次に突出した二人を一気に斬り捨てる。

剣に毒でも塗ってあったのか、二人とも倒れ伏した後に、苦しそうにもがき出した。

仲間の様子のおかしさにひるみながらも、さらに二人が側面から攻撃をしかけたが、あっけなくユーグに斬り捨てられた。残りの数人は一目散に逃げていく。

ユーグは追いかける気がないようだ。

リアンはそんなユーグをじっと見てしまう。

「これが……呪い？」

前世で秘密結社にいた頃、数々の呪いを研究したことがある。だから呪われている間、ユーグの性格が急変するのは納得できた。そういう呪いがあるらしいことは、実証されていたから。

でも疑問に思うのだ。

(呪いにかかっている人間が、刃に毒なんて塗っておくもの？)

リアンが知っている限りでは、呪いにかかると思考力が低下する。あらかじめ用意しておくなど、気が回るなんてことはない。

何かおかしいのでは？

違和感がリアンの心の中に満ちていったその時、のんびりとした声が聞こえた。

「陛下ー。ってあれれー？　また暗殺者ですか？」

おどけたような口調の金の髪の青年は、ユーグの側近であり、幼馴染《おさななじみ》でもあるアドルフォ・リマ伯爵子息だ。

一見すると金の髪の王子様然とした容姿の青年だが、暗殺者の死体を背中を丸めておっかなびっくり避けてユーグの側に行く姿は、喜劇俳優のようだ。

彼はユーグのことを全く恐れていないみたいだった。

「ずいぶん多いですねぇ、今回は」

気安く尋ねたアドルフォに、ユーグがうなずく。

「人の目がないところで、多人数で襲い掛かれば倒せると思ったんだろう」

「そうですねぇ。剣に毒も塗ってないし、人数増やしての力押ししか考えてなさそうなやり方も、ずいぶん素人《しろうと》臭いなぁ。どこかの金欠で裏にコネがない貴族が、安い暗殺者を雇ったんですかねぇ？　後で調べておきますよ」

「頼む。できれば後宮妃の誰かだったらいいんだけどな。一人いなくなるだけでも楽になる」

ユーグの方も、呪われている人間にしては気安い受け答え方だ。

寄る者みな斬り捨てる、という評判からは考えられない。

（まさか……呪われているというのは、嘘なの？）

さもなければ、アドルフォだけが例外だったりするんだろうか？

いや、呪いはそこまで精密じゃない。

もっと大雑把で融通が利かないもので、呪った人間も狙《ねら》った効果がしっかりと出ないことや、予想外の被害が出て苦悩するのに、ユーグの周りの空気が軽すぎる。

ぽかーんとするリアンの視線の先で、ユーグ達の空気がさらにゆるゆると溶けていく。

「そういえば、用があって僕を探していたのか？　アドルフォ」

「あ、これを届けようと思いまして」

アドルフォが取り出したのは、白っぽい液体が入った瓶だ。

「日焼け止め、もらってきましたよ」

（…………は？）

リアンは耳を疑う。

呪われた仮面をした、血なまぐさい逸話がまとわりつく国王が、日焼け止め？

（いやいやいや。偏見を持っちゃダメよね。男性でも日焼け止めは欲しがるわよね。日焼けしすぎると痛いし）

そんな風に受け止めようとしたが、続いてユーグの彼の口から語られた理由に、リアンは噴き出しそうになる。

「助かる。特に夏は変な日焼けの仕方をするから。仮面を取った後で鏡を見た時に、憂うつになるんだよ。また仮面の部分だけ白く残って、白黒熊《ぐま》ってあだ名つけられた時のことを思い出してな……」

「……………うぐ」

リアンはなんとか笑いをこらえた。

(仮面なんてしてたら、そりゃ変な日焼けになるだろうけど。でも……っ！)

これが、呪われた王の会話？

ユーグは恨みがましい目をアドルフォに向けていた。そこから、白黒熊というあだ名をつけたのがアドルフォなのだろうと想像がつく。

「あの時は悪かったと思ってますよー陛下。だからパルティアからいい日焼け止めをもらってきたんですし。あと首や背中は塗ってます？　その辺も気をつけないと顔だけ白くなるそうですよ。パルティアが『これは超強力な日焼け止めだから』って言ってましたよ」

アドルフォが流れるように語る。

「もう、一度こりた後だ。白粉《おしろい》まで借りて隠すのも面倒だから、そうしてる」

疲れたようにユーグが言いながら、ふっと仮面を取った。

「…………!!」

リアンは叫びそうになった。

(え、なんで、仮面外してるの⁉)

昼間は呪いのせいで外せないんじゃなかったのか。

しかも仮面を外したユーグは、おだやかな表情で微笑んでいて、誰であろうと気に障れば殺してしまう様子の欠片《かけら》もない。

驚きすぎたリアンは、知らずに足から力が抜けかけた。

よろめきそうになって、慌てて足を踏ん張ったが、それが悪かった。

パキリ。

足の下で、枝が折れる音がした。

小さな音でもよく響いたせいで、ユーグがこちらを向いてしまう。

木の陰にいたし、急いで首を引っ込めたけど……目が合ってしまった。

「そこにいるのは、女官かメイドか？　暗殺者ではないようだが」

確認の言葉がかけられる。

暗殺者だとは思わないと言ってくれているのは……。

(自首するなら、多少は対応を考慮する、ということ)

後ろ暗いところがなければ自ら名乗り出ろと促されているらしい。

仕方ない。後ろ暗くない女官が、たまたまこの状況に遭遇したと見せかけるのが最善だ。

リアンはそろそろと木の陰から姿を現した。

「あの、女官です……」

おずおずと、気が弱くて隠れたように見せかける。

(決して決して、前世で秘密結社にいた人間だという片りんなんて見せちゃダメよ私！)

何かしらの組織の人間だと疑われても、釈明できない。

なにせリアンは、出自と経歴はまっとうなのに、行動がおかしい。そのおかしい行動の理由が説明できないので、無実を晴らすのが難しいのだから。

「なぜここに」

ユーグが静かに尋ねる。

アドルフォとのゆるい雰囲気は息をひそめ、冷酷な支配者の顔がのぞく。

「あの、デリア様に花を……と思って。以前お仕えさせていただいていたので」

さりげなく、デリア前王妃の女官だったことを匂《にお》わせる。

「母上の女官だったのか」

「左様にございます。リアン・クローゼと申します」

「ああ、たしかにそんな名前の女官が、去年入ったな」

納得したユーグは、自分の記憶との整合性からリアンの出自を信じたらしい。視線がどことなく柔らかくなる。

「それで、あなたはどこまで目撃したんですか？」

ユーグの判定が下ったと察したアドルフォが、横から尋ねてきた。

「その。さきほど陛下が倒した……そこの従者風の人に、どこかのメイドがお金か何かを渡しているのを見てしまって、気になってここにいたんです」

「……アドルフォ」

「へいへい。でも血まみれになるなら、陛下の方が理由の説明をしやすいんですけどねぇ」

アドルフォは嫌そうに、倒れて動かなくなった従者姿の男の懐やポケットを探った。

「代わりに周囲を警戒しておいてやる」

「安心して作業できて嬉《うれ》しいですよ……っと。これかな？」

アドルフォは小袋を取り出した。中からは、ざらっと金貨が出てくる。でもそれだけだった。

「取引相手の手がかりはなしですねぇ。メイドの顔は覚えてませんか？」

「黒のお仕着せで……。たぶん顔は見たことがありません、ここ三カ月ほど、沢山の女性が新しく雇われていますから。その中の一人なのだろうと思います。デリア様の側では見かけたことのないメイドでした」

「では、後宮のメイドかもしれないな」

ユーグがそう推測を口にした。

「それは本当ですかね？　ご自身が暗殺者を雇って、成果を確認しようと思ったのでは？」

アドルフォはまだ半信半疑だったようだ。

「私はデリア様から陛下の戦場でのお話を聞いておりましたので、たとえ陛下を襲撃させるとしても、昼に仮面をしているところを狙ったりしません。……仮面が取り外しできるとは思いませんでしたが」

自分のことを詰問しようとするので、リアンは相手の弱みをチクリと刺した。

ユーグが昼でも自由に仮面を外せる＝呪いはないということを、リアンは知っているのだ。

この言葉はユーグを警戒させたようだ。

「仮面の秘密について話せば、お前の命はない」

警告に、リアンは静かに応じた。

「お話ししません。仮面の呪いという嘘が露見して、陛下が笑われるようなことになれば、デリア様まで笑いものになってしまいます。そんなことはできません」

あえてユーグに対しての忠誠からではなく、デリア前王妃を持ち出したのは、その方が真実味を感じるだろうと思ってのことだ。

「それを、信用できるのか？」

重ねての問いに、リアンは眉《まゆ》をひそめそうになる。

(けっこう疑い深い……生い立ちからして、仕方ないけど)

実の父に、母もろとも暗殺されかけた経験のあるユーグのことだ。王宮にいる誰であっても、一度は疑う姿勢が身についてしまっているんだろう。

こういった人物に、真正面から抗議しても無駄だ。

疑い深さが今世でも残っているリアンだから、理解はできる。

「他人の言葉は、嘘かどうか判別するのは難しいですよね。信じていても、裏切られることがありますから。なので陛下がお疑いになる気持ちは、わかります。だからこそ、どうしたら信じられるのか、陛下が納得する方法を教えていただければと思っております」

一度息を整え、続ける。

「今の私に言えるのは、亡きデリア様の名誉のためにも、秘密を口外しないという気持ちだけです。そして陛下の状況では、呪いという方便をお使いになるのは当然のことだと思います。陛下の権力が盤石になるまでは、そのまま利用し続けた方が良いと思っております」

ユーグは目を見開いて驚く。

よもや仮面について肯定され、つけ続けるべきと勧められると思わなかったのだろう。

なによりユーグの『信じられない』という気持ちに寄り添ったのが、不思議だったようだ。

「人を疑う気持ちをわかる、というのか？」

「多少は……」

リアンはうなずく。嘘ではない。

疑いの気持ちが強い人には、本心からの言葉が必要だ。

疑い深いからこそ、相手の表情や声音からも、自分が判断する材料を拾おうとした結果、真実を口にしていると察するだろう。

それにユーグが疑ってしまうのも無理はない。

呪いは無条件で恐れ、嫌がるのが普通だ。それなのに肯定する人物は二通りだ。

(呪いを利用したい、と思うほど追い詰められた経験がある人と、上辺だけ合わせて相手を操ろうとする、詐欺師だけ)

どちらだと判断するのだろう。

リアンはユーグの答えを静かに待った。

今すぐ殺されかけた場合に、逃げる方法も考えながら。

何パターンもの脱走計画を練りつつ返事を待ったリアンは、最後にどこの国へ逃げるかを決めかけたところで、ユーグの返事を聞くことができた。

「わかった。仮面の件で拘束しない代わりに、僕の手先になってもらう」

(ん？　この方向で来るとは思わなかったわ)

想定していたユーグの行動の一つに、『脅す』というものがあった。

脅す方法も何個か想定していたが、ユーグならすぐ殺すか、少し待ってから殺すと思っていたのだ。今までの「昼間は残虐な仮面王」というユーグのイメージを壊さないために。

「……私を、殺さないんですか？」

するとユーグが、突然微笑みを見せた。

(好意的な笑みに見えない……)

思わず身構えるリアンに、ユーグが優し気な声で言った。

「僕の気持ちを理解できる人間なら、僕の味方になって、頼み事を聞いてもらいたい」

リアンは血の気が引く。

(あ、ダメだこれ。もしかして変な方向に印象深くなっちゃったのかもしれない)

通常なら、共感してくれた相手を好意的に見るものだ。しかし猜疑心《さいぎしん》にあふれている人間にとっては、多少心引かれる話だったからこそ、疑いを深める要因にもなる。

だからユーグは、リアンを試そうとしているのに違いない。

頼み事をして、叶《かな》えられたら信用しようと。だから急に懐柔するような態度になった。

(でも、もし本当に理解者だとわかった時は……私を信頼するはず)

生き残るため、もう一つ壁を越えるのだ。リアンはつばを飲み込んだ。

「どんな頼み事でしょうか?」

「後宮で僕の妃の一人となってもらいたい」

「……え?」

後宮? 妃?

「私と結婚なさると?」

結婚しないと、後宮には入れない。それもこれも、帝国の王女と結婚したという名目を作るためのルールだった。

「建前上だ。それに、君の表情からすると後宮が嫌みたいだな？」

表情に出てしまったか、とリアンは悔やむ。今世はずいぶんとのんびり暮らしていたせいで、緊張感が足りないのかもしれない。

そしてわざと、頬《ほお》に手をやったり目を泳がせて見せた。動揺すらしないのは、一般人としては異常だ。不信感を抱かせてしまう。

「こちらは秘密を知られたのに、無傷で解放するんだ。君の方も嫌がることを乗り越えるという代償を払って、裏切らないことを証明してもらいたい」

「え、でも私、高貴なご令嬢とは違って田舎者《いなか》で……。女官になるため、デリア前王妃様とのか細い縁を頼ってきたくらいなのです」

リアンは田舎の男爵令嬢なのだ。隣の公爵家にほぼ仕えているような力関係で、妃になるにはあまりにもお粗末すぎる背景しかない。

「貴族なら問題はない。過去に一度だけこの国に後宮があった時は、平民の娘もいたと聞く」

「う……」

ユーグに希望を打ち砕かれて、反論のしようもなくなっていく。

「それに後宮を解散した時に、結婚の記録は消させる。そして国王に協力したことを公表して、勲章を与えることで、次の結婚に有利になるようにする。そういう条件で、後宮妃になっている令嬢も他にいるから安心してもらいたい」

結婚が建前だけの上、後日後宮が解散してしまっても、それが後ろ暗い経歴にならないようにすると聞き、リアンは少し心がゆらぐ。

（一応、一度は結婚するんだから、未婚のままだと後ろ指さされることもなくなる。ついでに、結婚しないことを、両親が心配しなくなるかしら……？）

今の両親はとても標準的な考えの人達で、できれば娘には結婚して、孫の顔を見せてほしいと願っているのだ。

だけど国王の妃になった事実があれば、一応結婚したので諦《あきら》めはつくだろう。その後結婚しないのも国王の側にいたせいで、目が肥えたからだと嘘がつきやすい。

（ゆ、夢のような提案かも……危険がなければ）

問題はそこだ。

後宮に入ったら、帝国の王女に攻撃されることは間違いない。きっと暗殺者がやってくるわ毒攻撃はされるわで、心穏やかに過ごせないだろう。

できれば違う役目にしてほしい。リアンはもう一度、抵抗を試みた。

「その、契約をのんだ他のご令嬢では、ダメなのですか？」

リアン以外にも後宮に味方がいるのなら、そちらで……と思ったが。

「彼女達では、いつわりの寵姫《ちょうき》にはできない」

「私を寵姫にするつもりですか!?」

驚いた。諜報員《ちょうほういん》のように扱うのかと思いきや、帝国の王女への対抗馬にするらしい。

「ああもちろんだ。帝国のエルヴィラ王女を王妃にするわけにいかないのは、わかるな？」

リアンはうなずく。

「僕が後宮に顔を出しもせず放置しているせいで、急に気が変わって誰かを寵姫にしたという演技をしても、今さら王女達を騙《だま》せない。だから他の女性を連れてくるべきだと話し合っていたんだが……ちょうどよく協力者が現れてくれて良かった」

微笑むユーグに、リアンは一瞬だけ蜘蛛《くも》の巣に引っかかった自分を連想してしまう。

「でも私のように剣も使えない人間では、すぐに暗殺されてしまうのではないでしょうか？」

リアンは、戦闘能力などほぼ持っていない。そもそも前世も戦闘向きの人間ではなかったのだ。部下でもいなければ、とても安全を確保できない。

しかし敵もさるものだった。

「護衛はつける。そして僕も君を守る」

――君を守る。

真正面からそう言われて、リアンはなんとなく気恥ずかしくなった。

(そんなこと言われたの、いつ以来かな……。前世で言ってもらったのも、『母さんは俺が守る！』ぐらいだったような気が)

前世、面倒を見ていた黒薔薇団の子供達のことを思い出した後で、ちょっと悲しくなった。

ようするに、異性に守ると宣言されたのは今回が初なのだ。どうりで、ちょっと心にくるものを感じたはずだ。

戦略上、リアンを守るのが必須だから言っただけだろうに。

「でもどうやって寵姫だと納得させるおつもりですか？　建前での結婚なのに……」

「あ、それならいい方法がありますよ」

アドルフォがそう言うと、なにやらユーグに耳打ちした。

するとユーグはうなずき、顔に仮面をつけ直してからリアンに近づいてくる。

リアンの脳裏に嫌な想像が広がる。まさかと思うが、死体を後宮に持っていって、これが寵姫だと言って回り、『狂気の王』を装うつもりなのかもしれない、と。

(前世でもそういう奴《やつ》がいたのよ！　私が黒薔薇団を使って潰したけど！)

だからこそ怯えたのに……。ユーグがリアンの側でかがむ。

剣も抜かないし、首を絞めるにはおかしな体勢だと思っていると、急に抱え上げられた。

……なぜかお姫様だっこされたのだ。

「え？」

理由がわからず、頭の中に『?』が乱舞する。

「その、これはどうしてです？」

「わからないか？」

いやまったく、と言う間もなく、ユーグは歩き出す。

「どこへ行くんですか!?」

「協力してもらうために、必要な場所だ」

やがて人の目がある場所へ到達した。

王宮の回廊にいた人達は、現れたユーグとリアン達の姿に目を丸くした。

「ひっ！　陛下が誰かを抱えてる」

「殺したの？　いえ、生きてるわ！」

「無事だなんて、どういうこと？」

リアンが死なないで抱えられている状況に、混乱する目撃者達。

(私もわけがわからないのですが!?)

けれど大騒ぎするわけにもいかない。反抗的だからと、見逃すのをやめて即刻口封じされてはたまらないから。

「まさかそんなことはないと思いたいが……陛下の恋人とか？」

やがてそんな声が聞こえて、リアンははっとする。

「え、まさか……」

リアンを寵姫にすると言っていたユーグ。

自分を寵姫だと錯覚させる方法について尋ねた答えが、これなら。

（寵姫だと錯覚する状況を作ろうとしているの!?）

とある女性を、ユーグが昼間から抱えて歩いていた。

しかも殺していないとなれば、特別な女性だと周囲は錯覚する。してしまうのだ。

驚きと諦めで、頭がぐるぐるしてきたリアンは、いつの間にか侍従長の部屋へ到着していた。

侍従がユーグに気づいて、扉を開ける。

部屋の奥の机の前で、他の侍従と話していた白髪で細身の侍従長にユーグが宣言した。

「後宮の件だが、この僕の寵姫を入れることにした。部屋を用意しておくように。……名は？」

こっそりと名前を聞くユーグ。一度名乗ったのだけど、もう忘れたらしい。

なんにせよ逃げられない。

運命に流されるしかないと悟ったリアンは、仕方なく言った。

「リアン・クローゼでございます」

二章　二セ寵姫にはお手本が必要です

そんな経緯をたどって、リアンは後宮へ入ることになってしまった。

覚悟を決めたリアンだったが、余計な疑問を口にしてしまったせいで結婚式をすることになってしまったのだ。

——寵姫《ちょうき》だと聞いた後も、侍従長が信じてなさそうな顔をしていませんでしたか？

リアンの疑問にうなずいたアドルフォが、「それは陛下の大根役者ぶりのせいもあるかと」と言い出し、全《すべ》てを覆い隠すためには、もっと衝撃を与えるべきだと結論づけた。

その衝撃というのが、後宮妃の中で唯一結婚式を行い、誓いの口づけをすること。

リアンは理由も含めて承知した上で、夜の結婚式に望んだのだ。

結婚式に出席させた後宮妃達は、せっかく華やかな桃色や黄色など、華麗なドレスで着飾っているのに、衝撃で青い顔をしながら周りに話しかける。

「まさか本当だったの……？」

「あの陛下に、本当に愛する女性がいたっていうこと？」

「前王妃の女官だったから、その縁かしら」

本人達が興奮しすぎて、ひそひそ話がリアンの耳にまで届く。

期待しただけの効果が出たようだ。これでリアンはユーグの寵姫だということを、心の底から信じてくれるだろう。

(私の初キスまで利用したんだから。効果が出てもらわなくては困るわ!)

そう、初キスだった。

今世では誰《だれ》とも付き合ったことがないのと、結婚する気がないので全くの予定外だ。大事にしていたわけではない。使えるものは使えという主義なので、完璧《かんぺき》に役目を果たすために必要だろうと、了解したのもリアン自身だ。

だけど今さらながらに、気持ちが落ち着かない。

そうこうしていると、ユーグが急に声を張り上げる。

「白いドレスは着せてやれなかったが、黒薔薇《くろばら》のようなそのドレスはとても君に合う。これからは、君のことを皆に『黒薔薇妃』と呼ばせよう」

「え、ちょっ」

そんな話聞いてないんですが!? と慌てるリアンにユーグがささやいた。

「アドルフォと相談した結果だ。特別感を出すためだから辛抱してもらいたい」

「うぐ……」

リアンは黙るしかない。

もう式に出席した人々に宣言した後だ。取り消しは不可能だ。

諦《あきら》め気分でうなずくと、ユーグがリアンの肩を抱くようにして祭壇から下りる。

これで、寄り添うほど仲が良いと思われるはずだけど、リアンは連行されている気分だった。

後宮妃達の横へ来たところで、彼女達の中から声が上がる。

「まぁ、あれはサファル王国産の薄絹ではない？」

リアンの衣装に目をつけた妃《きさき》がいたようだ。

「最高級品だわ！　陛下のお母様も、婚礼衣装はサファルの薄絹で作ったと聞いているわ」

「なによ。結婚式だっていうのに白以外の、暗い色のドレスを着るなんて。帝国から止められたのに、無理に決行するために誤魔化しただけでしょ」

（実はその通り）

寵姫と結婚式をすると聞いた帝国側から、文句をつけられた結果だった。

エルヴィラ王女でさえ結婚式をしていないのに、と。

ユーグ達は帝国から正式な抗議をされても困るので、白を着ないことで手を打ったのだ。

アドルフォは『そちらの形式と違う結婚式なら、不完全なものだからと見逃すしかないでしょ』と言っていた。白いドレスではないから、正式な結婚じゃないと帝国は受け取るだろうし、こっちはそれでも問題はないのだ。

ただただ、エルヴィラ王女に『こんなにないがしろにされるなら国に帰ります！』と言ってほしいためにやっていることなので。

そんな経緯で選んだのは、黒に近い赤。

十七歳というリアンの若さからすると暗い色合いだけれど、リアンの瞳《ひとみ》の色に合わせたのと、色を選ぶ時に、ユーグが言ったのだ。

「この色の方が、君の美しさを一番引き立てるはずだ」と。

（ちょいちょい、恥ずかしいことを平気で言う人なのよね……）

思い出して妙に恥ずかしくなったリアンは、赤面しそうになる。

でも正直なところ、可愛《かわい》らしいピンクのドレスよりも自分に似合っていると思う。

多少、複雑な気持ちを感じてはいたけど、それは表に出さない。

（……昔を思い出すのよね。秘密結社黒薔薇団の名前、私のせいでついたんだもの）

前世のリアンは、黒薔薇を使って敵を倒していた。そのことも黒薔薇団という名前になった理由の一つだったのだ。

「サファルのお菓子は美味《おい》しいと聞いていているわ。絹と一緒に輸入されていないかしら」

うっとりとつぶやいているのは、やや丸っこい体型の妃だ。食べることが大好きなのだろう。

そんな中、微笑《ほほえ》んで拍手をしている五十代の女性が二人。

彼女達はリアンの元同僚であり、亡きデリア前王妃の側《そば》にいた女官だ。

巷《ちまた》で『嫌がらせ後宮』と呼ばれているのは、彼女達も要因の一つだ。

彼女達はあからさまに『国王の寵を争う相手ではない』とわかるのに、後宮妃になった。しかも元女官のレベッカは、元々護衛も兼ねるほど剣技に優れた人だったので、後宮の衛兵を監督している。

もう一人のラモナは、自分の人脈でかかわりのある後宮妃やその女官を呼び出してお茶会をしては、その動向を把握しているらしい。

おかげで帝国の王女以外、後宮妃達はあまり派手な動きができないようだ。

そしてその次にいたのが、銀糸と白のドレスを身に着けた女性を中心とする一団。

この結婚式で一人だけ、白のドレスを着た彼女こそがエルヴィラ王女だ。

薔薇色の唇が目立つのは、柔らかな白金色の髪と白い肌のせいだろう。銀の装飾品を身に着け、宝石は透明なダイヤを選び、白いドレスを着ているのも、全て結婚式の主役は自分だと主張するかのようだ。

――自分こそが真実の王妃である、と。

白いドレスを選んだのは、本人ではないかもしれない。側にぴったりと寄り添う、故国から連れてきた侍女達が用意した可能性が高い。

揃《そろ》いの水色のドレスを着た侍女達は、リアンを睨《にら》んでいた。

しかしエルヴィラ王女本人は……無表情のままだ。

でも目が輝いていて、少し楽し気な感じがするのはなぜだろう。

(全く効果なし、ということかしら?)

せっかくキスまでしたのに。がっかりしかけたリアンは、隣のユーグに声をかけられた。

「悪いが、少し我慢してくれ」

「はい?」

聞き返した時には、あっという間にユーグがリアンを持ち上げていた。

お姫様抱っこは二度目だけど、ユーグは恋愛事にうといわりに、人を抱え上げるのに抵抗はないらしい。

後宮妃達は大騒ぎだ。

「きゃあっ」

「寵姫への扱いだけは本当に熱烈だわ」

恋人同士のようなふるまいだ、と後宮妃達は口々に自分の感想を言う。

だからリアンは、無事に寵姫役ができていると思ったのだけど。

「なんだか、親子みたいね」

ポツリ。

つぶやかれた言葉に、誰もが無言になった。

リアンとユーグの行動を『親子みたい』と評したのはエルヴィラ王女だ。彼女は心なしか、がっかりした表情になっていた。

本当に、親子みたいに見えてしまった？　なのにがっかりしているのはどうして。

リアンが不安になっていると、エルヴィラ王女の言葉に触発されるように、困惑した表情ながらも後宮妃達の間から同意の声が漏れる。

「そういえば家のメイドが恋人とあいびきしていた時とは、なにかが違うような……」

「うちのお母様が、初恋だったという方と会った時はもっと……」

話しているうちに、だんだんと疑惑を自分達で深めているようだった。

（どうしよう。この場では無視するべき？）

視線でユーグにどうするのか尋ねる。

すると、リアンと目線が合ったユーグは、瞬《まばた》きでリアンに応じてから後宮妃達に言った。

「……殺されたいのか？」

（ちょっとー！）

面倒なのか真正面からの対策ができそうになかったのか、ユーグは薙《な》ぎ払う手に出た。

悲鳴を上げかけたリアンだったが、仕方ないので『これが陛下らしい態度！』とばかりに平然としていることにする。

そして今度こそ、助けを求める相手を間違えず、味方であるラモナ達に視線を向けた。

「不器用な方だから……」

ラモナがそれに応《こた》えてくれて、頬《ほお》に手を当ててつぶやいた。そのことで、後宮妃達の間の空気が少しだけ動いた。

――そう、ユーグは気に入らなければ人を殺してしまう、呪《のろ》いがかかっているのだ。

夜は呪いが薄れているものの、いつもぶっきらぼうな態度をしている。だから恋愛らしい様子じゃなくても……おかしくないかもしれない？　と思ったようだ。

「こうでなければ、今まで寵姫の存在なんて隠せなかったでしょうし」

なんてレベッカも続けてくれた。

今のうちにと、ユーグはそのまま神殿から立ち去った。

神殿を出た後は、神殿から王宮までは外を通る。

石畳の道はいくつかの方向に延び、そのうちの一つ、後宮にしている王宮西棟へとユーグはそのまま向かった。

西側の庭の中を通り、リアンがこれから過ごす部屋へと到着した。

後宮の部屋の中を見るのは初めてだったが、とても居心地よさそうだった。

落ち着いた淡い色の壁紙に金のさりげない装飾、えんじ色のカーテン。白の家具は猫足で可愛らしい。その全ての家具に金の装飾があり、宝石が煌《きら》めいているものまであった。

中にはメイドが三人いて、ユーグとリアン、追いかけるようにしてやってきたアドルフォにお茶を用意すると、アドルフォの指示で退室した。

三人だけになったところで、リアンはつい不安を口にしてしまう。

「もし、あの場にいた全員が疑ったままになったらどうしましょう」

「専門家に相談する」

ユーグはあっさりと答えた。

「専門家？」

一体何の専門家だろう。

首をかしげていると、ユーグがアドルフォに命じた。

「お前の婚約者を連れてこい。さっき神殿にいたから、こちらの状況はわかっているはずだ」

指示されたアドルフォは、飲みかけのお茶を残し、ウキウキと立ち上がった。

「行ってまいりまーす」

そして部屋から出ていったアドルフォは、ややあって一人の女性を連れてきた。

長い黒髪はつややかで、前髪を作っていないので大人《おとな》びた印象を受ける。輝くような白い肌も美しいけれど、青い瞳の力強さと理知的な印象が、強く残る女性だった。

深い青のドレスには金糸の刺繍《ししゅう》で華麗な花の蔓《つる》が描かれ、真珠が朝露のように煌めく。

「第三妃の……パルティア様」

あの、アドルフォの婚約者だ。

（それにしても、アドルフォ様とは家同士の関係で婚約したのかしら？）

なにせアドルフォは伯爵家の人間だ。王族に連なる公爵令嬢で、一人娘だというパルティアなら、選び放題のはずなのに、彼が婚約者になったのだから。

思わずアドルフォと顔を見比べてしまった。

「あの、リアン嬢？　もしかして、不釣り合いな二人だなとか考えていませんか？」

アドルフォにうろん気な視線をむけられる。

「いいえ。ただ、正反対の印象のお二人なので……」

恋愛の末に婚約したんじゃないだろうな、という想像については黙っておく。

するとパルティアがうなずいた。

「リアン様……いいえ、黒薔薇妃様のおっしゃることは正しいですわ。自分でもどうして婚約を了承してしまったのか不思議に思いますもの」

「ひどいパル！　君の大好きな作家に援助して新作はいち早く届けたり、尽くしているのに」

アドルフォが涙目でパルティアに詰め寄ると、彼女はその顔をぐいっと押しのける。

「ええ、ここまで尽くしてくださるのはあなただけだわ。だからこの後宮騒動にも、私は加担してあげているのではありませんか。あなたがあんまり頼むものだから」

「感謝してるよパルぅー！」

アドルフォはころっと笑顔に変じて、両手をグーにして顎《あご》の下にあてるぶりっ子ポーズをしてみせる。

パルティアはため息をついた。

「こんなお調子者だけでは、万が一の時に後宮の女性の援助ができないだろうと、後宮妃の役目を受けたのです。黒薔薇妃様のことも、お助けいたしますわ」

「ありがとうございます」

リアンは深々とパルティアに一礼する。

アドルフォへの対応といい、後宮妃になった理由といい、自己犠牲精神の高い人なのだ。こういう人物はめったにいない。

（もちろん、彼女は婚約者の頼みと、公爵家のために行動することを決めたはず。だから味方の間はとても良くしてくれるけれど、それは私のためじゃないことは理解しておかないと）

つい利害関係をからめて、信用を推し量ってしまう。でもこのクセは直らなさそうだ。

前世からの経験のせいで、どうしても……絶対的なものを求めてしまうからだ。

相手が裏切らないという保証がないと、リアンはなかなか信じられない。

また、自分の他《ほか》に大切なものがある人は、最も自分が助けてほしい時に、大切なものの方を優先する。どんなに仲良くしていようとも。なので、いつだって頼りすぎてはいけない、万が一の場合を考えなければならない、とリアンは思ってしまうのだ。

（生死を分けるような場面で、失敗したくないもの）

今はもっと軽い状況だし、アドルフォとも利害が一致しているので安心だ。

「それで、どういったことを私に考えてほしいのでしょう？」

問いかけたパルティアに、アドルフォが話してくれた。

「パルも見てたと思うんだけど、さっきの様子だとエルヴィラ王女には『恋愛をしている男女』に見えないようなんだよ。どうしたらいいと思う？」

聞かれたパルティアは、「そうですわね」とうなずく。

「あの時はたぶん、黒薔薇妃様が、抱えられた時に恥ずかしそうにするとか、人前でこんなこと……ってやんわりと止めようとした方が良かったかもしれませんね。もしくは周囲の視線から守ってくれる相手に安心し、ぎゅっと自分から抱き着くぐらいのことはしないと」

「抱き着いていたように見えたんだが」

ユーグのつぶやきに、パルティアは首を横に振った。

「正直なところを言うと、私には陛下が荷物を持ち上げていただけに見えました。黒薔薇妃様は荷物に徹して、自分を固定するため陛下にしがみついた感じがしましたわね」

「に……もっ」

ショックを受けつつ、リアンは第三者視点で考えてみることにした。

あの時、当然のようにユーグはリアンを抱き上げた。

(女性をお姫様だっこする姿は、女性が愛されている図の典型例だから、最初は後宮妃のほとんどが、恋愛感情から陛下がそうしたと『想像』したのよね)

恋愛のシーンを目撃した時、嫉妬《しっと》をする人の他に、その光景を演劇の一シーンのように楽しむ気持ちが湧《わ》く人もいる。

後宮妃達はたぶん、そんな気持ちだったはず。

(その時私は、暴れもせずにじっとしていた。抱き上げられている姿を見れば、誤解してくれるから大丈夫だと思って)

しかし表情も変えず、当然のように抱き上げられているから……。

(そのせいで、恋愛しているように見えなかったの？)

パルティアが表現した通り、自分を箱に置き換えてみると、たしかに違和感がない。

そこへ、パルティアが追撃してきた。

「黒薔薇妃様、世の女性達が『恥ずかしいけどしてほしいこと』を実演してみせたはずなのに、ご本人が無表情では……ちょっと」

(そうか恥ずかしがらないせいで、箱っぽかったんだ……)

「あああああぁぁ」

リアンはようやく理解した。

エルヴィラ王女が親子みたいだと言ったのも、無理はない。子供をだっこする時の、『箱や荷物のように』運んでいく状態と似ていたからだ。

するとアドルフォが茶々を入れてくる。

「でもパルティアも、全然恥ずかしそうにしてくれないじゃん」

「おだまりなさい、あなたは大騒ぎしながらするからよ」

ぴしゃりと黙らせるパルティア。この二人、アドルフォがパルティアをつついて楽しみ、パルティアが寛容に受け入れて成り立っている関係なのかもしれない。

パルティアは次に、ユーグにも指摘した。

「ただ、黒薔薇妃様が恥ずかしがらなくても、恋人同士に見える方法はあったのです。陛下の行動もよろしくありませんでした。ひとかけらも『独占欲』を感じません。ただの箱でさえ、『もう離したくない、誰にも渡さない！』と思って抱きしめていれば、周囲は『そんなに好きなんだ』と感じるのですよ？」

ダメ出しされたユーグのことを横目で確認すると、遠い目をしている。

箱に好きだと表現せよ！　と言われて途方にくれたのかもしれない。

「……恋人って難しいですね」

がっくりと肩を落とすリアン。

ユーグもため息をついて、うつむいてしまった。

打ちひしがれたリアン達の姿に心が痛んだのか、パルティアが言った。

「私にひとつ、案があります」

リアンとユーグが顔を上げ、目の前に座るパルティアをすがるように見てしまう。

そうしながらリアンは心の中で（簡単な方法だといいな）と願っていた。

「さっすが、パルったら、優しー！」

「まぜっかえすのはおやめになって」

アドルフォを横目で睨み、パルティアはその案を披露した。

「こちらをご覧ください」

パルティアが差し出したのは、二冊の本だ。紙の束を真ん中で縫い閉じて作った、簡易本。

タイトルは『メイドに恋した王子様』と書かれている。

「これは？」

「恋愛物語です」

リアンの問いに、パルティアは丁寧に中身を説明した。

「最近、流行《はや》っているお話で、メイドの女性と王子の身分差恋愛の話です。今のお二人の立場にも多少はあてはめやすいと思い、選びました。相手役の王子には婚約者もいるので、そちらをエルヴィラ王女に当てはめて考えることもできますし」

「な、なるほど」

「この本を、陛下と黒薔薇妃様にお贈りいたします。そして恋愛のシーンと、必要な要素を抜き出して順番に行動なされば、少しは恋人同士らしく見えるようになるでしょう」

「ああそうか。だんだん盛り上がっていった方がいいもんね。最初からいちゃいちゃしても、無理に演じている感が強くなるかも」

アドルフォの意見に、パルティアは微笑んだ。

「その通りです。なので、順を追って熱を上げていく様子を演じた方が自然でしょう。いかがですか陛下？」

ユーグは渋い表情になりつつも、うなずいた。それ以外に解決法が思い浮かばなかったからに違いない。

「黒薔薇妃様は？」

リアンもうなずく。

「よろしくお願いします」

一礼すると、パルティアは気の毒そうに本をリアンに渡しながら言う。

「黒薔薇妃様は巻き込まれて、寵姫役をすることになったと聞きました。とてもがんばっていらっしゃることも、ご聡明であることも、アドルフォ達の話からもうかがえます。そんな黒薔薇妃様なら、きっと目的を達成なさると信じていますわ」

まさかパルティアから褒めてもらえるとは思わず、リアンはびっくりした。

同時に、がんばろうという気持ちが湧く。

（認めてくれる人がいるのは、いいものね）

何も認めてくれない人の中で努力し続けるのは、砂を積み上げては風で飛ばされてしまうような徒労感がある。ただ、真面目《まじめ》にやっていることと、少しずつでも積み上がる成果を認めてくれるだけでいいのだ。

「ありがとうございます。励ましてくださって」

「事実を知らせただけですわ。それに、これから苦手なことに取り組まなければならないのだから、少しは気分を上げなくては」

パルティアの心遣いに感謝していると、ユーグが正気を取り戻してアドルフォに言った。

「アドルフォ、早速、必要な場面だけ抜き出したものを渡してくれ。読む時間が惜しい」

現実的な要求に、アドルフォが目を丸くする。

「あ、私も欲しいです」

便乗して手を上げてみた。

「ものぐさすぎますよ陛下、そして黒薔薇妃様も。これぐらいひと晩で読めるでしょうに」

「練習する時に、そのシーンを探す手間がかかる」

「うわ、ああ言えばこう言う……」

「絶対に演じていただきたい場面だけを、わかりやすく改変したものを抜き出して、お渡しするのは良いかと。一度は読んでもらうにしても、詳細を忘れてしまうと困りますし、ここぞというところで、セリフを飛ばされてしまっては困りますから」

パルティアの提案に、苦笑いする。リアンとユーグは、この方面に関して信用がないらしい。

「パル……手伝って？」

「ご自分の部下をお使いになれば……。まぁ、あの方々の方があなたより忙しそうで、可哀想《かわいそう》ですものね。仕方ありません。私の侍女に手伝いを頼みましょう」

それではⅡ急いでご用意します、とパルティアは退室した。

「よし。必要なシーンを抜き出したものはお作りしますがね、それでも話の流れを把握しないと、おかしなことになりますよ。一度はきちんと読んでくださいね！」

アドルフォにも念を押されて、舌打ちしつつ渡された本を開くユーグ。

読み始めてすぐに、眉間《みけん》にしわが刻まれた。

（そんなに嫌な内容だったの？）

リアンも本を開いて読んでみる。

「ええと、あるところに家が没落し、隣国の王宮でメイドをしている少女がいました」

主人公は、メイド仲間には元貴族であることを隠していたものの、異国の人間だったせいもあって多少浮いた存在になった。

ある日、老いた王太后の看病に駆り出される。

王太后の元にはほとんど誰も訪れない。寂しく感じていた王太后は、真面目に働いてくれる主人公が、かなり知識を持っていることから興味を持ち、やがて二人は仲良くなったのだった。

そんな二人の元に、時々だけれど、王子がやってきていた。

彼は祖母と急速に仲良くなる主人公を、最初は警戒する。何か盗んだり、騙《だま》し取るのではないかと。が、やがて二人が無二の友になったと理解し、それから彼女に興味を引かれていった。

そうして秘密の恋が始まる。

しかし主人公は元貴族とはいえ今は平民。身分差がある。

露見してしまえば、主人公は追い出される……。でも、恋する心が止められない主人公。

王子もまた、自分に言い寄る令嬢達には全く興味が湧かず、主人公がいつでも側にいればと願うようになる。

でも、二人の逢引《あいび》きを目撃したメイドがいた。

王子に熱を上げていた令嬢にそれをいいつけて……。

そこから主人公はメイド達にいじめられたり、命を狙《ねら》われることに。王子は婚約者を複数人持ち、彼女達を競わせることで主人公から目をそらさせようとした。

それでもやまない暗殺未遂。

婚約者達は何もしていないと言い張るが……。


(うーん、たしかに今の私の状況に、少し近いかも?)

王子が複数の婚約者を持ったことは、後宮を持つユーグに近い状況かもしれない。

婚約者同士を競わせている間に打開策を練るつもりで、一時しのぎにしたと書いてあるが、そのせいでますます主人公が追い込まれてしまうのは、ちょっと違うけれど。

そしてユーグの気持ちを理解した。

「これは……向いてなさそう」

王子がすぐに「愛している」「君なしじゃ生きていけない」と言い出す男なのだ。恋愛の機微に疎いユーグとは、正反対すぎる。

でもそれは、リアンにも言えることだ。

「会いたくて、心細くて泣く……の？」

親に対しても、そんな気持ちになったことはない。

前世では、捨てられる前から、『本当はいらなかった』『あんたがいなければ』と言われていたから。おかげで今世の両親にも、会いたくて仕方ないと思う感情が薄い。懐かしいと思うようにはなったけれど。

(うーん。……何かの痛みなら、泣きそうになる演技ができるかも？)

考えた末に、代用できそうな状況を思いつく。

ユーグを痛み止めとして考えればいいのかもしれない。

彼がいない時は、痛み止めが効かなくてじっと苦しみに耐えるしかなくなる。痛み止め欲しさにユーグに会いたいのだ、ということなら理解できるし。

(地獄のうめき声をもらすといけないわね。気をつけないと)

リアンがうめき声を上げるとものすごい恐ろしい声になるらしい。今の両親に「リアンちゃん、その声だけは怖いから……」と懇願されたことが何度もあった。

しかし痛みで代用すると、うっかりうめきそうだ。重々心に留めておかねば。

そんなことを考え、さて、どのシーンから始めればいいのかを相談する。

「お二人の状況に合致するのは、王子が婚約者を複数持つことにした後ですかねぇ。主人公をいじめないようにする、暗殺しないようにするという約束で婚約したのに、婚約者達が従者に主人公を襲わせるあたりとか？」

ぺらぺらとアドルフォは本をめくる。

どうやらアドルフォもこの本を読んだことがあるらしい。

「こことかどうでしょう？『大丈夫か！怪我《けが》は！』『待ってください殿下、まだそこに誰かが！』というセリフのあたりのシーンなんかは、そのうち使えそうですよね」

主人公であるメイドの部屋を、王子が訪ねた時のことだ。

アドルフォがニヤァと嫌な笑みを浮かべた。

「せっかくだから、練習なさいませんか？」

ユーグが目を丸くした。

「なぜ今」

「今だからこそですよ。この通りの状況に、いつなるかわからないじゃないですか。練習しておけば、とっさの時に役に立ちますよ」

「……読んでおくからいい」

「陛下が大根役者なのは昔からなのに、どこからその自信が出てくるんですかねぇ」

ひどい言われようだけど、ユーグが反論しないところを見ると、本当にユーグは役者としては落第点のようだ。交渉事で嘘《うそ》をつく時に、失敗してしまったのかもしれない。

でも今まで、そんな評判は聞いたことがない……と思ったものの、リアンはハッと気づく。

（まさか陛下は、ぶっきらぼうな態度で全て誤魔化す人？）

だとしたら練習は必須だろう。そう考えたリアンは、意を決して口を出した。

「練習いたしましょう。私としても、こんな演技をしたことはありませんし」

「さすがです黒薔薇妃様！　さぁ練習しましょう、練習！　セリフだけでいいですから！　では場面は夜。婚約者の不穏な言葉が気になって、主人公に会いに行こうとする王子。そしてちょうど、仕事を終えて涼みに外へ出ていた主人公が、暗殺者に襲われるところを目撃して、王子が暗殺者を倒した場面です！　はい、どうぞ！」

アドルフォに背中を押され、ユーグがイヤイヤながら本に目を落として読み上げる。

「だ、大丈夫かー怪我はー」

「…………」

すごい棒読みだった。

やる気のなさのせいなのか、恥ずかしがりなのか。リアンは続きのセリフを口にした。

「待ってくださーい、まだーそこに誰かが」

言ってみてから、アドルフォが失望した表情をしたことに気づく。

自分も上手《うま》くできていないらしい。

「隠れているのはーわかっている」

またも棒読みのユーグ。

次のセリフは戦闘に関するものだったのもあり、ユーグはつっかえそうになりつつも、ちゃんと読めたのだけど。続きが難敵だった。

「君がー無事で良かったー。君がーいなくなったらー、私の世界には、もう二度と……朝日が昇ーる、ことはなかったー、はず……だ」

なんとか読み上げるユーグ。

「そんなことをーおっしゃらないで。私がーいなくなっても、殿下はー誰か良い方と幸せに生きてほしいのにー」

いまいちリアンも感情が込められなかった。

恋人を失って泣いていても、一カ月後には愛人を複数抱えてる男もいるのだ。二度と朝日が昇らない気持ちを抱えて生きるだろうとか、信じられるわけがない。

なんてことを思ったせいだろう。

その証拠に、アドルフォが酸っぱいものを食べたような顔をしている。

(前世で誰かの恋人のフリをした時は……、その場しのぎの一瞬だけ誤魔化すとか、相手の方に自分を好きなフリをしてもらったりして、私は傍若無人なフリをしていれば良かったような……。親子のフリはもっと苦手だったわ)

考えてみれば、あの頃《ころ》はもっと感情表現に関する演技が苦手だった。

『ルドヴィカ様は、そういうの向いていないんだから。厳しそうな母のふりでもしてて！』

親のフリをした時、面倒を見ていた少年にそんなことを言われたなと思い出す。

前世のリアン――ルドヴィカは、自分が捨てられた子だったので、天涯孤独な子供をよく拾っていた。

自分がそうだったから、一度は路上でさまよう子供達に機会を与えたかったのだ。そういう形で仲間に入れた子の方が裏切らないことを知っていた、という理由もあるが。

リアンの子供役をした少年は演技が上手かったので、よくリアンの欠点を補ってくれたのだ。

今は自分一人でなんとかせねばならない。

アドルフォはこの惨状に耐えきれなかったようで、注文をつけてきた。

「棒読みは後で直すとして、とりあえず演技をちょっと入れてみてくださいよ。お互いに近づいて、見つめ合ってください。たやすいことですよね？　さあさあ」

背中を押されたユーグが、本を見ながらじりじりとリアンに近づく。

「さあさあ黒薔薇妃様も！」

リアンも仕方なく一歩近寄った。アドルフォの意見に従ったら、もしかするとリアンのなけなしの演技力が向上するかもしれないので、試してみようとも思ったからだ。

すると、ユーグを見上げる体勢になった。

ユーグは背が高いので、顔を見ようとすると真上を向く体勢になるので、首がつらい。

「き、君以外のー誰かとー、生き……るなんて、考えられない」

予想がつかないぐらいなら、現実味があるな、と思える。

「そんなにまで私のことを想《おも》ってくださるなんて」

「ああ、トリシア」

主人公の名前で呼びかけられ、リアンは苦笑いする。

(嫌々演じてるから、主人公の名前をそのまま言って誤魔化してるんですね……)

恋愛物語の通りに読み上げる方が、恥ずかしくないと思ったのだろう。

けど、それを許してくれるアドルフォではない。びしっとユーグを指をさした。

「ちょっと陛下。そこは『リアン』と黒薔薇妃様の名前を呼んでくださいよ」

「しかし……」

「演技なんですよ。え・ん・ぎ！　ちゃんとしない方がカッコ悪く見えるものなんですから、大根役者な動きや棒読みはともかく、せめてセリフは間違えないでください」

「ぐ……」

またしても大根役者と言われて、ユーグも悔しそうだ。

「では次に進みましょう。はい、見つめ合ってください」

アドルフォに促されて、リアンとユーグは目を合わせたが……。

ユーグはすぐに、ふいっと視線をそらした。

リアンはそうしてくれて良かったと思いつつ、次のセリフを口にしようとした。

「陛下。お慕いしておりま……す」

リアンは真面目にやろうとしたのだ。でも、言い難くなってしまう。

（……真剣にやろうとすると、なんだか恥ずかしい）

たぶん、相手の顔を見つめながら、というのがダメなのだと思う。

前世ではここまで恥ずかしいと思わなかった。原因を考えてみた結果、ユーグのせいではないか？　と思い至った。

視線をそらしたはずのユーグが、恥ずかしそうにちらっとこちらを見てはまた違う方向を見る、というのを繰り返しているせいに違いない。こちらまで恥ずかしい気持ちになってくる。

でも自分まで恥ずかしがっている、とアドルフォに思われるのが嫌で、がんばった。

「でも、あなたのーことが心配なのです。私をー救おうとして、あなたがー怪我をしてしまったらと思うとー」

「君がー、無事でいてくれるならー、うう、それで私は、幸せーなんだ。君の肌ーには傷一つ、つけてほしくない。全て私のもの、なのに……くぅ」

しかしユーグには耐えられなかったようだ。

「アドルフォ、人前で練習する内容ではない気がするんだが?」

アドルフォはすげなく返した。

「恥ずかしい場面こそ、沢山の人の前ですべきです。恥ずかしいなら、なおさら今のうちに慣れておいた方がいいでしょう? どうせ演技する時は私もどこかでのぞいているでしょうし」

アドルフォの言葉に、つい想像してしまった。草むらの陰から、アドルフォがじっと見つめている姿を。

笑いそうになってしまったが、こらえる。

ユーグの方は、練習くらいは気兼ねなくしたい! とアドルフォを追い出しにかかった。

「練習だからいいだろう。お前はさっさと必要な部分を書き出す協力をしてこい。婚約者にも会えて嬉《うれ》しいだろう」

そう言うと、アドルフォの方は満面の笑みを浮かべた。

「もちろんパルに会えるのはとても嬉しいですよ! ありがとうございます! では私はあちらでいちゃいちゃしていますから、終わったら知らせてくださいね」

アドルフォはウキウキで部屋を出ていく。

ため息をついて、ユーグも一度、部屋を出ることにしたようだ。

「後でまた来る」

そう言って、ユーグは立ち去った。

入れ代わりにやってきたメイドや女官が「さぁご入浴を！」と言ったことで、そういえばとリアンは気づく。

「なるほど、陛下はここで眠るんだものね」

――寵姫らしくするためにも、ユーグは毎晩リアンの部屋に行くべき。

アドルフォの提案で、ユーグはほぼ毎日リアンの部屋で寝泊まりすることになっている。そのため着替えたりするつもりで、ユーグは一度自室へ戻ったのだろう。

ユーグの寝泊まりについて、リアンは（安眠に問題が出るかな……）と心配にはなった。なにせよく知らない人間に、一番無防備な時間をさらすことになる。他人の存在が気になって熟睡できないのでは……。

困っていると、そういうことには察しが良いユーグが言ってくれたのだ。

『寝室には入らないから安心してくれ。僕も、眠っている時に近づかれるのは苦手だから』

その一言に（あ、理解してくれるんだ）とリアンは驚いた。

むしろユーグの方が警戒して、リアンを誰かに見張らせたり、寝室を自分に譲ってもらいたいと要求してきそうなものなのに。

さらにユーグが付け加えたのが『体調の変化とか、問題がありそうだった場合だけは見に行くが、容赦してもらいたい。遅効性の毒を飲んでいたり、毒蛇や毒虫にかまれていたら、すぐ処置をしなければならないからな』というものだった。

きちんと予告してくれたことに、リアンは感謝して受け入れたのだ。

そんなこんなで、ユーグはリアンの部屋に寝泊まりするため、準備をしに行ったのだ。

リアンもその間に、薔薇を浮かべたお風呂に入らせてもらう。

入浴の後は、楽な室内着に着替えてほっとした。

ドレープがたっぷりで、胸の下で帯を締める形のドレスは、先ほどの盛装とは違ってとても軽かった。

豪華なドレスやしっかりとした化粧を長時間していると、さすがに疲れてくる。

「もうちょっと色気のあるお衣装の方が……」

メイドの一人が寂しそうに言う。

(たぶん、初夜だからだろうけど)

このメイドには残念なお知らせかもしれないが、リアンとユーグは真実の夫婦ではないのだ。

寵姫の真似事《まねごと》をしているだけなので、そういう方向を期待されても困る。

だけどメイド達には基本的に内緒にしており、説明するわけにもいかない。なので、リアンはあいまいに微笑んで誤魔化したのだった。

　ここまでの間に二時間は経《た》っていた。

　眠気がじわじわと迫っていたけれど、さすがにユーグに挨拶《あいさつ》ぐらいはするべきだろう。

　リアンはユーグの来訪を待ちつつ、ソファに枕《まくら》や上掛けにする布、そして毛布を置いておく。

　このソファは、座面が広く、彼の背丈でも寝転がるのに問題のない大きなソファだ。ユーグが眠るためにわざわざ置いたものである。

　でもそこまですると、もうやることがない。

「ベルタさん、お酒ってあります?」

　手持ち無沙汰になったリアンは、一応結婚式後なのだし、めでたいのでお酒でも一杯飲んで眠ろうと、女官のベルタに聞いてみた。

　リアンの専属女官になった、四十代の子爵夫人であるベルタは微笑んでくれる。

「夕食もそこそこに式をしましたからね、軽いお食事も用意しましょう」

　リアンと同じデリア前王妃に仕えていた元同僚のベルタは、気安く応じてくれた。そしてメイドに指示して、ワインとサンドイッチやつまみになるものを用意してくれた。

「いただきます」

　胡椒《こしょう》を利かせたサラミのサンドイッチや、ピクルスにトマトとチーズ。クリームソースがからんだエビと、どれも美味しくて、ついつい沢山お腹《なか》に収めてしまう。

塩分多めの食事は、ワインにとても合ったようで、いつの間にか、リアンはグラス一杯を飲み干してしまった。

そこにユーグがやってきた。

仮面をしていたが、夜だからと部屋に入ったところで外す。

出迎えて扉の横にいたメイドが、ユーグの素顔に頬を染めて見入っていた。

「……食事の時間だったか？」

「軽食と酒盛りです。良かったら一緒にいかがですか？　毒見は全て終えてますよ」

デリア前王妃の元にいたので、毒に関する注意はベルタもしっかりしている。だから安心して食べていたリアンの差し向かいに、ユーグも座った。

「僕にもグラスを。あと酒類をもう少し出してくれ。後は下がってもらっていい」

「承知いたしました」

ベルタはさっと一礼して出ていき、メイド達もそれに倣う。

メイド達は、これから初夜だと思っているせいか、期待するような表情をしていた。

二人だけになった部屋の中、ユーグは黙々とワインを消費していく。

「食事もした方がいいですよ。お酒だけだと回るのが早いのと、体への負担が大きいですから」

「……よくそんなことを知っているな」

ユーグが不思議そうな顔をする。

なにせ不摂生で前世は早世してしまったので、健康には気を使っているのだ。

「ワインも飲みすぎれば、毒と同じで内臓を悪くするそうですし。そもそも陛下もお食事は終わっていらっしゃるんですか？　足りなければこちらもどうぞ」

勧めると、ユーグは案外素直に食べ始めた。

しばらくは無言で食べ飲みをする。そのうちグラスを二杯ほど空けたところで、ユーグがぽつりと言った。

「とりあえず結婚式はやり終えたな」

「はい。そして本を使っての作戦が、上手くいくといいのですけど……」

エルヴィラ王女が乗ってくれたらいいが、あっさりと『作り物っぽい』などと言われては、この手も封じられてしまう。

「あの王女は、他国の王宮で歓迎されないと焦ると思ったんだがな。帝国でも、庶子だったせいで、あまり大事にされていなかったらしいんだが……」

ユーグがため息をつく。

リアンもまさに、そこが気になっていた。

「エルヴィラ王女は、もしかして帝国から出られればそれでいい……と思うぐらいに、故郷を嫌っていたのでしょうか？」

「可能性の一つとしてはある。王女から他国の妃になったものの、生活の質が恐ろしく落ちたわけではない。『故郷が嫌だった、だから結婚してもかまわない』くらいの気持ちで嫁いで来たのなら、相手に寵姫がいても気にしないだろうな」

　ユーグの推測にはうなずける。

「でもそれだと、ますます追い出すのが難しくなりません？」

　リアンの言葉に、ユーグが苦々しい表情になる。

　自分も早く危険な状況を脱したいリアンは、ユーグに提案してみた。

「もしこの物語作戦がダメだった場合は、幻滅されそうなことをしてみるのはいかがですか？　変人の王様と結婚した、と言われるのが嫌だから、離婚して帰るかもしれません」

「変人か……。アドルフォと同じになるのは嫌だな」

「……アドルフォ様は本当に変人なんですか？」

　おどけたような態度や言葉だけでも、十分に変人だとは思う。が、ユーグの言っている感じだともっと変人らしいことをしているようだ。

「ああ、あいつは変人だ。自分の婚約者が、一時的に籍だけ置いてくれればいいと頼まれて、後宮の妃になったのに、『他人に奪われる状況って燃える』とか、『前よりもっと恋しく思える』とか話して、当の婚約者に気味悪がられたと聞いた」

「またずいぶんと強烈な……」

　リアンは頬がひきつるのを感じる。

アドルフォは、ただ行動がおかしな変人というのではなく、おかしな性癖がある方の変人だったようだ。さぞ婚約者のパルティアも困惑しただろう。

「では……後宮内でだけ、裸踊りでもしてはどうでしょうか？　貴族令嬢達の好みからは外れると思うのですが」

お腹に人の顔でも描けば、効果は抜群だ。

前世でそれをやってバカ騒ぎのふりをし、「変態は追い出せ！」と警備兵に追い払われた秘密結社の仲間がいた。おかげで、身元を探ろうとする者達の目から逃れたと聞いている。

リアンの提案に、ユーグは短く返答した。

「襲われる」

「……は？」

どういうこと？　とリアンは首をかしげた。

「夜は仮面が外れるという設定にしたせいで、夜は呪いの効果がなく、安全だろうと寝室に侵入する事件があった。あの時は、アドルフォを呼んでどうにか退室させたんだが……」

ユーグが深いため息をつく。

「その時に、剣を抜かなかったのが悪かったんだろうな。夜は殺すほど怒らないと考えて、その後も何度か襲撃されたんだ。だから服など脱げば、これ幸いと既成事実を作ろうとしてくる」

渋面のユーグの説明に、リアンは額をおさえた。

(後宮妃達が肉食すぎる……)

深窓で育った貴族令嬢は、そんな真似をしないと思っていたのに。元々そういう素質があったのか、後宮に入るからと急きょ意識改革が行われたのか。

「説明されなくてもわかるだろうが、それは全て前国王……僕を殺したがっていた実父と懇意にしている貴族の家から来た後宮妃達だ。既成事実を作ったら、自分は王妃の座を要求しない代わりに、エルヴィラ王女を王妃にしろと脅してくるだろう」

リアンは天井を見上げた。

(ああ、天井が美しいなぁ)

美しい森と空が描かれた天井画を眺めていると、今聞いた話から逃避できそうだ。

しかし現実を投げ出すわけにはいかない。自分の命を守るためにも。

「夜、仮面を外す設定にしたばかりに、そんなことになっているんですね。どうして夜は外す設定にしていたんですか?」

「……紛争地でのことだったな。外して寝ているところに夜襲があって、その時に大勢に見られてしまった。だから、外せる設定にするしかなかった」

これればかりはユーグを責められない。眠る時ぐらいは外したいだろう。横向きに寝返りをしたとたんに、仮面が顔に食い込んで痛くて起きてしまうのが予想できるので。

「夜外せるなら、仮面を処分されてしまうのでは？」

呪いの仮面さえなければ、ユーグを必要以上に恐れる必要はないのだ。

「沢山作ってあるので問題ない」

ユーグが立ち上がり、リアンの部屋の戸棚の中から白い袋を一つ取り出す。

中からざらーっと出して見せたのは、つるりとした仮面。それも大量に袋に入っていた。

「通常は、アドルフォが一つは仮面を隠し持っている。そこに捨てても戻ってくる逸話を作って、仮面を紛失した場合は『ああ、こんなところに！』とアドルフォが見つけたふりをして、新しい仮面を出す手筈《てはず》になっている」

「…………」

「朝になると仮面がつけたくなって苦しむ演技もしたな。おかげで仮面の呪いの信ぴょう性も増して、なんとか難を逃れた」

説明しつつ、ユーグが仮面をつけて見せた。

（いや、別につけなくてもいいのに。ないと落ち着かないのかしら？）

仮面中毒なのかもしれないと思いつつ、リアンは力なく笑う。

「たしかに、良い手なんですが。なぜ私の部屋に、仮面をそんなに沢山置いたんですか」

自室に仮面が隠されているのかと思うと、なんだか微妙な気分になる。

「いつもアドルフォが側に控えてて、予備を出現させることはできないだろう。今晩のように寵姫の元にいるのに、アドルフォがいたらおかしすぎる」

「まぁそうですね」

おはようからおやすみまで見守るアドルフォとか、嫌すぎる。

「……なんにせよ、とりあえずできることは恋愛物語をなぞるぐらいか」

ふっとユーグが話を一段落させ、羽織っていた上着を脱いでソファの背にかける。

「そろそろ寝る。君も早く休むといい」

そう言ってユーグは仮面を外し、テーブルの上に置いた。

（相変わらず、綺麗《きれい》だわ）

母のデリア前王妃も美しい人だったけれど、その美貌《びぼう》をそのまま男性的に完成させたような顔だ。これだけで、ユーグに恋する人は今でもいる。なのに……。

「そういえば、王宮以外でも気持ちを引かれる女性との出会いはなかったのですか？」

素朴な疑問を口にした。

普通、容姿のいい男性は好かれる。それは貴族でも平民でも変わらない。どうせ一緒に暮らしていくのなら、好ましい見た目の人を選びたがるのは人の性だ。

「どこかへ遠征する途中などで、出会う方もいたのでは？」

ユーグの容姿を好んで近寄る女性の中には、純粋に彼に惹《ひ》かれる人だっていただろうに。

しかしユーグは首を横に振った。

「そもそも、恋をしたという言葉をどう信じていいのかわからないな。幼い頃から、僕に好きだと言いながら、毒針を突き刺そうとした人間も多かった」

信じられないのも無理はないな、という経験をしたようだ。

「愛とか恋とか、素直に信じるのは難しいですよね」

しみじみと同意してしまった。数秒して口に出してしまったことに気づき、はっとする。

ユーグはどう思っただろう。口先だけ同調したと思っただけならいい。こんな人間不信をこじらせた言葉が出てくるのは、一体どういうことだと不審がられたら面倒だったが。

ユーグは目をまたたき、ちょっと驚いてから言った。

「無理に同調しなくていい。君はずいぶん穏やかな家庭に育ったらしいじゃないか」

「この短い間に、お調べになったんですね」

リアンとしても、調べないわけがないと思っていたので、特に何も思わない。

それに今世の家族はどこを叩《たた》いても埃《ほこり》が出ない、真面目な人々だった。おかげで今まで家族に関しては何も疑われずにきたし、ユーグもある程度安心しているのだろう。

「色々と他人の話を聞きましたから。恋をした相手に、手ひどく裏切られる話も、結婚したら陥れるためだったという話も、直接の知り合いから涙ながらに語られたことがあります。結果、我が家の両親が特別なんだと思えるようになりました」

「なるほどな」

この言い訳で、多少納得はしたようだ。

「……教えてくださってありがとうございます。おやすみなさい」

話が途切れたところで、リアンはそう言う。

ユーグはうなずき、ソファに寝転がっていた。

(特注のソファとはいえ、やっぱり窮屈そう)

仰向けでも眠れそうだけど、うっかり寝返りしたら落ちそうだ。

だから提案してみた。

「陛下、寝る場所を交換いたしませんか?」

リアンなら、そちらのソファでも十分安全に眠れる。体の大きさからしても、その方がいいのではないかと思ったが。

「いや、協力者とはいえ君は奴隷ではないんだ。睡眠をしっかりととる権利がある」

リアンは(あら?)と意外に思う。

女性だからと譲ってもらえたのだと思ったが、それ以上にリアンという一人の人間の健康を気遣ってのことだったようだ。

とはいえ、今はユーグの具合が悪くなると困るのだ。

「兵を張り付かせているのなら、陛下も休んで健康だと周囲に示していただかなくては。陛下の健康を害したとなれば、新入りの妃のせいだと言われて、私が不利になりますし」

さらに付け加える。

「私でしたら、お昼までゆっくり眠っていられる暇がありますので」

後宮妃は基本的にやることがない。公務もないし、昼まで眠っていても誰も迷惑しないのだ。だからユーグが帰った後で昼まで眠ったっていいのだ。

「問題ない」

ユーグは譲る気は全くないようだ。

それならばと、リアンもそれ以上押し問答をするのはやめた。

非効率なことは避けるべきだ。譲り合ったあげくに眠る時間が短くなってしまったら、明日《あす》の活動に支障が出る。

そう思って、リアンは大人しく、立派な天蓋《てんがい》のあるベッドに潜り込む。滑らかな絹は、少しだけひんやりとしていた。

次第に自分の体温で温まる寝具の中で、リアンは目を閉じた。

今日は思った以上に疲れすぎていたのか、すぅっと眠りの中に引き込まれていく。

少しだけ、暗殺のことが不安だった。

それでもお酒のせいで、長く眠ることなく覚醒《かくせい》するだろうし、初日の今日は警備も万全だろうからと思ったところで、ぷっつりと意識が途切れたのだった。

内幕　一

結婚式の翌日。

ユーグは執務室で仕事を片付けていた。

忙殺されるほど大量の仕事が詰まっているわけではない。おちゃらけているものの、アドルフォは優秀なので問題の処理はほとんど任せられるし、厳選したその配下も、仕事が早く信頼できる者達だ。ユーグはゆっくり確認作業をしていけばいい。

だからこそ、ユーグは一つのことに悩まされていた。

「アドルフォ……」

黒檀《くろがし》の机の上で滑らせていたペンを置き、ユーグが言いかける。

「ダメですー」

斜め横に置いた机で仕事をしていたアドルフォに、即座に却下された。

「今日《きょう》は絶対に演技をしていただきます！　お茶会があると、先ほど女官のベルタから連絡があったではありませんか。大チャンスです」

ユーグは一度黙り込む。なんとかして、恋愛物語の演技を回避したいが、妙案が浮かばない。なにせ、昨日《きのう》の練習をしてみて、ユーグは思い知ったのだ。

(僕がこんなセリフを言うことになるとは……！)

まさか『君がいないと朝日も昇らない』と言わなければならないとは思わなかったのだ。その後も読んでみれば『暗闇《くらやみ》に染まった私の心には、君という光が必要なんだ』などと、すごいセリフがあった。

「……昼は呪《のろ》いのことがあるから、接触しなくてもいいだろう。夜は会いに行ったから、問題ないのではないか？」

「ええ、夜はお会いしましたよね。ただし『打ち合わせ』のために」

アドルフォの目が据わる。

「どうしてそこまで嫌なんですかねぇ？」

「心にもない言葉を女性に言うのが、嫌なんだ」

「別に騙《だま》しているわけじゃないんですよ？　黒薔薇《くろばら》妃様は承知で演技に付き合ってくださるんですし？　良心の呵責《かしゃく》なんて感じる必要ないじゃないですか」

「それでも抵抗がある」

答えると、アドルフォがニヤッとした。

「ははーん。陛下にとって恋愛は崇高なものなんですねぇ。まぁわからなくはないですよ？

反面教師がひどかったですからねぇ」

ユーグは渋面になった。

たしかに実父のせいだ、というアドルフォの指摘も当たっていた。

愛してる、好きですと言いながら、自分の家に少しでも有利な条件を引き出すため、親族達を裕福にするために自分の身を投げ出した女性達。

なにより自分と母を貶《おとし》めるために、メイドや貴族令嬢を心にもない美辞麗句で口説《くど》いて、愛妾《あいしょう》を増やしていく父。

そんなものを見ていれば、嫌になるのは仕方ないと思うのだ。

それに、政略的な問題で前国王ヨーゼフを好きなフリをしていた女性が、いつの間にか本気で実父の愛を乞《こ》うようになっていく姿と、それを見てあっさり捨てる父の姿を目撃していたユーグは、恋愛の真似事《まねごと》をするのも怖いと思ったのだ。

寵姫《ちょうき》を装ってもらったとしても、あの女性のように、相手が自分に本気で恋をしていると思い込むかもしれない……。

しかも自分は、その相手に思いを返せないのだ。

それでは……実父と同じではないのかと思うと、嫌悪感が湧《わ》いて来る。

その不安があったから、今まで寵姫の作戦を使うことを提案されても嫌がった。

今も少し抵抗がある。

……こんな状況を作り出した実父が憎い。呪いのふりをして、何度か殺そうとしたものの、果たせなかったことが口惜しい。

「今からでも殺すか……」

「エルヴィラ王女をですか？　まさかリアン嬢のしたことが気に食わなかったんですか？」

ついつい思考の中に沈んでしまい、物騒なつぶやきを漏らしたユーグに、アドルフォが目を丸くする。

はっと我に返ったユーグは、違うという意味で手を横に振る。

「すまない、少し別のことを考えていた。リアン嬢はよくやってくれている」

昨日も、酒盛りを少しした後はすぐに就寝していた。

疲れていても朝は早めに起き、外を警戒するように窓辺に座って庭を眺めていた。

彼女の『協力者という立ち位置を間違える気はない』という態度に、好感すら持ったのだ。

同時に、リアンに対して悪いことをしているという罪悪感がこみ上げた。

「あれから、エルヴィラ王女の方はどうなんだ？」

ユーグは無理やり話題を変えた。そもそもエルヴィラ王女が変なことを言い出したせいで、恋愛の演技をするはめになったのだ。

思い返せばエルヴィラ王女はおかしな人物だった。

対面時にも、ユーグの仮面にはぎょっとしたようだったが、呪いの内容について聞きたがり、呪いのせいで女性が死んでいないかを気にしていた。

女性が相手なら踏みとどまれるのか？　を知りたかったのだと思っていたものの、アドルフォが『妙に怖がらない王女様ですねぇ』と言ったことで、彼女は呪いを怖がっていないらしいことを知った。

いや、普通の人よりは怖がっていないだけだと思う。だから対面も、夜に行われた。

帝国側にも、その方が安全だろうと伝えた結果だ。

「そうですねぇ。エルヴィラ王女の侍女達は、寵姫なのは本当だったらしいと今朝《けさ》も怒っているそうですよ。ランバート王国は何を考えているんだ、帝国の威光を無視するつもりか、と」

「無視しているのは最初からだ」

何を今さらとユーグは思う。

「エルヴィラ王女ご本人は……何も感じてなさそうなご様子らしいですね。罵《のの》り続ける侍女達をいさめるでもなく、自分が悪口に参加するでもなく。結婚式の後もいつも通りに過ごしていらっしゃるそうですよ」

「少しでもボロを出してくれたら、やりようもあるんだけどな」

嫌がる点を突いて、帝国へ帰るよう仕向けられるのだ。でも、エルヴィラ王女はそんな隙《すき》は見せないので困る。

「まぁ、地道にやるしかありません。こちらも暗殺者を雇って、王女も前国王派も次々に始末してしまえば手っ取り早いのですがね」

「暗殺者ではなくとも、こちらも諜報《ちょうほう》組織は使っているのだろう？」

ユーグの問いに、アドルフォがうなずいた。

「ええ。二つほど。でもまだ新興のところのようで、精度に問題がありますねぇ。でも古参のところは、前国王が使っていたので、いくつか潰《つぶ》したりしていますからねぇ。あんまり依頼できるところがないんですよ」

「あそことは連絡はついたのか？」

アドルフォは首を横に振った。

「黒薔薇団からは全く音沙汰《おとさた》がない状態ですねぇ」

――秘密結社黒薔薇団。

商人が関わっている秘密結社だと聞くが、貴族の団員が多いらしく、情報を綺麗《きれい》に消してしまうため、その全貌《ぜんぼう》は掴《つか》めない。

ユーグの母デリア前王妃が手を借りる幸運に恵まれたのは、今から二十一年前のこと。

前国王ヨーゼフとデリア前王妃が結婚したその時だ。

国王の婚姻となれば、花嫁の嫁入り道具や婚礼衣装と沢山の需要が発生する。列席者もドレスや貴金属を一新し、パーティーにともなって沢山の食材も必要になるし、王都の民にも祝いの食料が振る舞われるのだ。

そうして商人達が関わる状況だったからか、黒薔薇団も頻繁に活動していた。

黒薔薇団が自分の母に関わってきたのは、商売上の問題が起きたからなのだろうと、アドルフォは推測していたが。

「以前王妃様から聞いた方法で、接触を試みているのですが。音沙汰がありません。王宮にも手の者を忍び込ませているとは思いますし、どこかで見ているでしょうが……」

アドルフォの言葉の歯切れが悪い。相手がなかなか正体も掴めない、連絡手段もわからないので、困惑しているのだろう。

「ただ、一つだけ情報を得ました。デリア前王妃と接触していた女性は、もう亡くなったようです。陛下が生まれる少し前のことだったそうで……」

「そんなに早く？」

「ご病気だったそうですね。病死したとある商家に勤めていた女性が。該当者のようです。彼女は、商人の愛人だと思われてたらしいのに、亡くなった時は商人の妻や子供達も悲しみ、しめやかに葬儀を行ったそうですよ。その女性の容姿を聞いてピンときました。王妃様と会った黒薔薇団の女性と髪色以外の容貌《ようぼう》などは似ているので、まず間違いないかと」

黒薔薇団の人間は、そうめったに自分の身元を探る手掛かりを残したりしない。すぐに身元がバレるのは、組織に雇われた下っ端の人間だけだ。

「ではその人物が姿をさらして接触したのは、もう病気で長くはないと思ってのことだったのかもしれないな」

アドルフォが「そうかもしれません」とうなずく。

「それ以上はわかりませんでした。彼女は天涯孤独ということになっていて、親しい人物もその商人達だけのようでした。その商人は妻と一緒に隠居しています。誰《だれ》かが接触した痕跡《こんせき》もないので、黒薔薇団との関係は断ったのかもしれません」

それ以上は調べることができなかったのだ。

強引に聞き出すようなことをしたら、黒薔薇団は二度と協力してくれなくなる。その恐れがある以上、手を貸してほしいユーグ達は深く首を突っ込めないのだ。

「なんにせよ、手を借りられないつもりで対応するしかないでしょうねぇ」

アドルフォがため息をつく。

「まぁ、リアン嬢のように賢い人が仲間になってくれただけでも僥倖《ぎょうこう》でしょう」

その言葉に、ユーグはふと思い出した。

『私が推薦できるのは、うちの女官のリアンかしら？』という、母デリア前王妃の言葉を。

寵姫作戦を提案されるよりずっと前。

王位を継承するなら、いずれ王妃は必要になる。しかしめぼしい人物がいないと病床の母にこぼした時に、言われたのだ。口も堅く、協力すると決めたら決して裏切らないからと。

まさか秘密を見られたのが、当のリアンという女官だとは思わなかった。

一方で、名前を聞いて推薦されていた女官だと気づいたからこそ、彼女に寵姫の話をもちかけようと思ったのもある。

自分の母親が推薦するぐらいの人物なら、という観点からだ。しかも裏切らないようにする材料も手に入った。何があっても大丈夫だと思ったのだ。

「彼女を脅してしまったのは、悪かったな。かなり積極的に協力してくれているのだから、事情を話して、脅しは嘘《うそ》だったと明かすべきか」

「そうですねぇ。お詫《わ》びの品ぐらいはつけないといけませんね」

アドルフォも思うところがあるのか、ユーグの話にうなずいた。

「正直、ここまで協力的で理性的な方なので、そのまま王妃殿下になっていただいても、と思うのですが。それは嫌がられてしまいますかねぇ」

「え」

ユーグが目を丸くする中、アドルフォは夢見るように目を閉じたまま続けた。

「婚礼の時も、堂々とした様子に見えましたし。陛下の事情も全《すべ》てご存じで、陛下の顔や地位に惑わされない。そんな女性、他《ほか》に見つかりそうもありませんから」

アドルフォの言葉に、ユーグはふとリアンの婚礼衣装姿を思い出す。

(昨日は……確かに黒と赤の、ややきつい色のドレスだというのに似合っていた)

毒花みたいな色合いだと思ったが、かえってそれがリアンにはふさわしく見えて、選んだ。

あの色を選択した時は、黒い色だから、素朴そうなリアン嬢でも着こなしは大丈夫そうですね、とアドルフォが失礼な意見を口にしていたが、ユーグはそう思わない。

黒が合わない人間もいる。リアンはその黒と赤の取り合わせでも、負けない顔立ちと存在感があったし、華麗な後宮の主《あるじ》らしさもあったのだ。

（だというのに、か細くて……）

リアンの筋肉を感じない柔らかな腕や肩、細い骨を思い出す。

女性は、自分よりも折れてしまいそうに儚《はかな》いという認識はあった。なのに、どうもあの感触が忘れられない気がした。

自分の脅しにもひるまない気の強さからすると、あまりにも意外な気がして。

そこで、アドルフォが意外なことを言い出す。

「前国王の毒牙《どくが》にかからなくて良かったです。最近は、ご自分の腕力がなくなったせいなのか、やたらか細い少女が好みになっていたみたいですし、その点リアン嬢はややたくましい感じで良かったですね」

「……十分か細いと思うが」

ぽつりとこぼした一言に、アドルフォが振り返って目を見開く。ややあって、なにかを理解したように応じた。

「陛下に比べたら、誰もがか細いでしょうねぇ」

言われてみればそうだと思い、うなずく。

「なんにせよ、この一件が終わったら、本気で陛下の花嫁を探さなくては……」

ぶつぶつつぶやくアドルフォを見つつ、ユーグはもやもやとしたものを心の中に感じた。

考えてみても、原因がわからないので無理やり心の底に押し込める。

そして他のことに意識を向けることにした。

考えることは沢山ある。例えば、どうやって彼女に謝罪をしようか、とか。

三章　恋愛には見本が必要なんです

後宮に入った翌日のこと。

朝食後のお茶を飲みながら、リアンは考えていた。

エルヴィラ王女については、いずれは帝国に帰ることになる、と考えている。

ユーグ達によって、侍女が殺されるなどの被害を受けたら……そうするしかない。

ユーグ自身はそこまでしたくはなさそうだが、アドルフォ達側近は、いずれその発想にたどり着くはずだ。

事故死に見せかければ、ランバート王国側を非難するのは難しい。そして王女の側《そば》にいる人間、しかも帝国からついてきた者が亡くなれば、エルヴィラ王女達も逃げるだろう。

(むしろ、さっさとその方法をとるかと思ったわ。ずいぶんお優しい人なのね、陛下は)

呪《のろ》いで人をすぐに殺したくなると聞いていたので、後宮を作った後も出ていかないエルヴィラ王女を、いつまでも置いているのはなぜ？　と思ってはいたのだ。

(母親と一緒ね……)

運悪く、国王の花嫁に決まってしまった少女だった頃《ころ》の、デリア前王妃。

彼女の父は宝石の出る鉱山を持っているものの、特別に高値で取引される宝石でもなく、数も少ないので、それほど力のある貴族ではなかった。

だからこそ、毒にも薬にもならないので選ばれたのだ。

万が一邪魔になっても、死んだところで抗議しにくいだろうという、それだけの理由で。

デリア前王妃も、心優しい人だった。

だけど彼女は、守る者のためなら強くなれる人だったので、必要な時には強い決断ができたし、前世のリアンも手を貸そうと思えたのだ。

(今は、まず自分を助けないと)

寵姫《ちょうき》役を全うして、女官に戻るのだ。そのためにも情報を集めよう。

きっかけを何にしようかと思っていたところで、ユーグが『贈り物』として、数々の宝石と花を届けさせた。

「これだわ」

ひらめいたリアンは、花を『ありすぎて部屋の中だけに飾りきれないわ！』というフリをして、部屋の扉の外にも飾って、妃達《きさき》の嫉妬《しっと》を煽《あお》ることにした。

エルヴィラ王女がユーグの心を動かせなかった場合、お前ががんばるんだ！　と言われて送り出されたのだろう美人自慢の後宮妃達が、豪奢《ごうしゃ》な薔薇《ばら》の花束をぎりぎりと歯ぎしりしながら見ていたらしい。

……というのを、メイドが目撃して報告してくれた。

彼女はアニーという名で、二十八歳。焦げ茶色の髪と青い瞳《ひとみ》で、落ち着いた物腰の女性だ。

そして……彼女はリアンが前世で関わった人物でもある。

前世のリアンが、面倒を見ていた子供の一人だったのだ。

彼女が王宮勤めをしていることには気づいていた。

七歳だった彼女の姿しか覚えていなかったリアンは、無事に成長していたことが嬉《うれ》しいのと、懐かしいのとで、時々彼女の様子を遠くから見ていたのだ。

そんな彼女を側に置いたのは、他《ほか》でもない。

(早くこの問題を解決するためには、黒薔薇団の力が必要だものね)

敵を知るためにも、きっちりと諜報《ちょうほう》活動ができる人間が欲しかったのだ。さもなければ、一生懸命演技をしても、効果が出ているかわからないまま、ドツボにはまる可能性がある。

ユーグ達が黒薔薇団を使っている気配もなく、エルヴィラ王女について深くは把握できていないことから、リアンは自分から諜報に手を出すことにした。

とはいえ、急に『黒薔薇団だと知ってるわー』とアニーに言ったところで、警戒して知らぬ存ぜぬを押し通す可能性もある。そのまま王宮を辞して雲隠れするかもしれない。

だからまず、急きょ人員が必要になったという理由でリアンの側に置いて、使用人として王女について調べてもらうのだ。

そのうちにリアンを信用してもらい、黒薔薇団を正式に動かすつもりだった。

「歯ぎしりまでしてくれたのね。良かったわ。エルヴィラ王女の侍女はいなかったかしら？」

尋ねると、アニーは真面目《まじめ》な表情で答える。

「二人が見にきていました。そしてお茶会のご招待状を言づかりました」

真っ白な封筒を差し出してくる。

中身を急いで見たリアンは、やや顔をしかめた。

「お茶会のお誘い……。いつかは来ると思ったけど、今日《きょう》の三時だなんて急な日程ね」

貴族令嬢のお茶会なら、少なくとも三日前には知らせるものだ。

元々予定していたのなら、後宮に入った日に知らせればいいのに……。

「寵姫いじめの方法を思いついたのかしらね？」

「大丈夫ですか？」

心配したのだろう、女官のベルタが尋ねる。

リアンは笑顔を見せた。

「問題ありません。どちらにせよ、一度は接触しておきたいですし。レベッカ様とラモナ様も参加されるかどうかを、確認してもらえますか？」

「わかりました」

「あと、陛下にもお知らせしてきてもらえるでしょうか？　アドルフォ様に、もしこれが使えるようであれば、良いシーンを選んでくださいと言づけてほしいんですけれど」

忙しくて申し訳ないが、ベルタにはあちこちへの伝言をしてもらう。

恋愛物語の演技をすることについては、メイド達にはあまり話してはいない。なので、全《すべ》てを知っているベルタに任せるしかないのだ。

ベルタはすぐにユーグの元へ行ってくれた。

「それでは、他の人達は今からドレスを選んでもらえるかしら？」

メイド達に、ドレスや装飾品の案を出してもらい、検討する。

色は暗いえんじ色にした。

そして昼食の少し前に、レベッカとラモナがやってきた。

「ごめんなさいね、着替えるのに手間取ってしまって」

いい汗をかいた後らしいレベッカが、すがすがしい笑顔を見せる。毎日のように衛兵や騎士の訓練に交じっていたのだろう。楽しそうだ。

「そうそう、私達は二人とも、招待を受けていないわ。お昼のついでに話しましょう」

二人は持ってきた食事を広げる。

「多めに頼んだのよ。運動の後はお腹《なか》がすくからと言って。競争相手にならないおばあさんなら、そうそう毒なんて入れないでしょうからね」

一番危険なのはリアンだ。なので、二人は気兼ねなく食事ができるように、自分達に運ばれてきた食事をくれたのだ。

「あ、一応これで確認してください」

先に届いていたリアン用の食事はワゴンに乗ったまま撤去されようとしていた。それを止めて、リアンはお茶を入れたカップと、鉱石を砂にしたものを盛った小皿を二つ用意した。

一応、今日は大丈夫だったのか毒の確認をしたい。

メイドの一人がさっと、リアンの元に王宮の厨房《ちゅうぼう》から運ばれた食事を確認する。

そのうちの一つ、銀の砂がクリームスープに反応して黒く変色した。

「スープは確実に捨ててください。王宮の下働きの人が、間違って持っていくと大変だから」

リアンの指示にうなずき、メイド達は慣れた様子で行動する。

「さすが、きちんとしているわね」

ラモナが食前のお茶を口にして、うふふと笑う。

「デリア様の下にいた頃から、色々情報を仕入れて、より良いものに更新しております」

毒を避ける手法は、前世で十分体験して学んだので、抜かりはない。

そしてリアンが毒について色々と知っている理由を、二人は不思議に思わない。デリア様のために学んだのだろうと、誤解してくれているのだ。デリア前王妃も毒を警戒していたので。

「さすが陛下が見込んだだけあるわ」

「アドルフォ様もリアンに任せておけば大丈夫だろうと、信頼していらっしゃったわ」

二人から褒められて、「いえいえそれほどでも」とリアンは苦笑いする。

もしこれを、本当に十七年の人生で会得したのなら立派なものだ。でもリアンはその前に四十一年間という成功と失敗の積み重ねと、専門家の指導を受けている結果だった。

「まぁ、食事をしながら聞いてちょうだい」

ラモナが言い、さっそくレベッカがパンに手を伸ばす。それに倣って、リアンもサラダを口にした。

「私達二人を招待しないのは、完全に敵だらけの中にあなただけを招いて、嫌がらせをしたいからだと思うのよね。悪口を聞かせたり、あなたの欠点をあげつらったり、下手《へた》をすると毒や薬でひどい目にあわせようとするでしょう」

ラモナの意見に、リアンはうんうんとうなずいた。

「邪魔が入らない場所で、いじめたいのですね」

「ええ。だから、あなたを守るためにも、私達も一緒に行くわ。後宮妃同士なのですし、お茶会に飛び入り参加できない道理もありませんからね」

それもそうだ、とリアンは心の中で言う。

本人の家で開催するお茶会とは違い、後宮妃は王宮の中でお茶会をするのだ。そんな場所でパーティーをしているのだから、参加するなとは言えないだろう。

「入り方は心配しなくていいわ。この年になると、ずけずけと押し入る度胸がついてしまうものだし、嫌な顔をされても入ってしまえばこっちのものよ」

うふふとレベッカが笑う。

「それだけでも、やりにくいでしょうね。後は色々こちらも反抗しましょうね」

ラモナもニヤッとしてみせた。

「まぁ、ある程度は露払いをするから、がんばってちょうだい」

レベッカとラモナに応援されつつ昼食を終えたところで、リアンは隣室で着替えをする。

その間に、ベルタが手紙を持ってやってきた。

「黒薔薇妃様。これを」

「ありがとうございます」

受け取ってみれば、今回お茶会でするべき演技についてのシーンを書き出したものだった。

これを演技でしようということらしい。

「お茶会で……これを」

眉間《みけん》にしわが寄りそうになる。

すでに一度、昨日《きのう》読んだ部分だったのは良かったけれど、お茶会で愛をささやくシーンをしろと言われるのはけっこう……きつい。

男女二人だけのシーンを、エルヴィラ王女達が垣間見る方がまだマシだったが、千載一遇のチャンスだと書いてくる意見にはうなずける。

ユーグは、このシナリオに合わせて登場すると書いてある。自分だけやらないとなったら、後でバーンと登場したユーグが一人で騒ぐ道化状態になるのだ。

それでエルヴィラ王女が、ユーグを嫌がってくれればいいけれど、たぶんそんなことにはならず、ユーグが侮られるだけになってしまう。

（やるしか……ない）

支度を終えたリアンは、居間で待ってくれていたラモナとレベッカとともに、いざお茶会へ出発した。

☆☆☆

この日の天気は良かった。

多少雲が多いものの、半分は青空が見えている。

庭へ出ると、明るい空の下には美しい緑が揺れていた。それはそれで綺麗《きれい》だけれど。

「見事に何もない庭……。花壇の花は咲き始めてるけど、本当にここだけなのね」

小さな、一つだけの花壇に揺れる赤いダリアが、なんだか寂し気に見える。

とはいえこの花壇を潰《つぶ》して、本気で花も咲かない庭にしなかったところに、ユーグの優しさがのぞいている気がした。

「エルヴィラ王女は、こんな扱いをされているのに、帰る様子も悲しむ様子もないなんて……どうしてなんでしょうね」

リアンのつぶやきにうなずくのは、隣にいたベルタだ。

「不思議ですね。美しい王女だからこそ、相手に振り向かれないどころか、全く興味も示されないなら怒るか悲しむでしょうに」

自分の容貌《ようぼう》を褒められて育っただろうし、事実美しいからこそ、ユーグを振り向かせることができるだろうと、帝国から送り込まれたはずだ。

そこでふと思う。

「エルヴィラ王女は、陛下に色仕掛けをしたことはあるんです？」

積極的に落としにきたら、あの美しさならクラッとする男性は少なくないはず。王妃になるのが目的なら、それぐらいはするかなとリアンは想像したのだ。

でもベルタは首を横に振った。

「誘惑したという話は一切聞いていませんね」

「そうなんですか……」

エルヴィラ王女は、そういった行動を自分からするのは嫌いなのかもしれないな。そんなことを考えつつ、リアンは庭園のお茶会を開く場所まで来た。

　そこでベルタは一礼してリアンを見送る。

　ついてきたメイド達と一緒に引き返していくベルタを見送り、ラモナとレベッカとともに、お茶会会場になっている、木立に囲まれたテーブルをいくつも置いた場所へ踏み込む。

　そこは、白いテーブルと銀のカトラリーや美しい柄の食器が並び、すでに帝国派の後宮妃達とエルヴィラ王女までが着席している。

　手ぐすねひいていたのだろう後宮妃達は、リアンの同行者を見て瞬《まばた》きした。

　近くにいた後宮妃が立ち上がり、慌てた様子でラモナ達に向かって言う。

「あの、ご招待していな……」

「あらら、そんな寂しいことおっしゃらないで？　せっかく皆様とお近づきになりたくて参りましたのに」

「たまには男ばかりの訓練場とは違う、可愛《かわい》らしいものにあふれた場所で、可愛らしいお嬢様達に囲まれたいですものねぇ」

　おほほほと笑いながら、二人はさっさと空いているテーブルを探し、椅子《いす》が足りないと奥の空席へ向かう。

「いらっしゃいな、黒薔薇妃様。席が足りないので、こちらとこちらから椅子を持ってきましょうね」

「あらごめんなさいませ。椅子をお借りしますわね」

「すぐに失礼しますわね、おほほほ」

二人とともに、二人だけが座っているテーブルへ強引に椅子を追加した。

堂々とした行動にあっけにとられたのか、すでに着席していた後宮妃達はぽかーんと二人のことを見つめていた。

お茶や菓子を給仕するためにいたメイド達も、唖然《あぜん》としている様子だった。

エルヴィラ王女は、関係ないとばかりにお茶をすすっている。

空いていた椅子は奥側のエルヴィラ王女の近くに二つ。そして端のテーブルに一つあった。

リアン一人で王女の近くに座って、『無礼者』といじめるか、端の一席だけ空いているテーブルを選ぶかでもいじめようとしたのだと思うけど、ラモナ達が潰してしまった。

椅子が揃《そろ》ったので、端のテーブルにリアン達は着席した。

相席するのは、第十妃や第九妃。

二人とも家が裕福なものの、子爵家の出身なので家格は高くない。

二人の妃は席を立とうとしたものの、はっと気づいたように着席し直す。

たぶん彼女達は、自分達のテーブルにリアンが座ったら、立ち上がって別の席に移動する手《て》筈《はず》だったのだと思う。そうすれば、リアンだけがぽつんと一人残されるのだ。

普通の令嬢であれば、沢山人がいるなかで一人だけ取り残されたら、孤独感でいっぱいになるだろう。

しかし余分な席はない。ラモナとレベッカが参加したからだ。

（ラモナ様達は、ここまで読んでいたのかしら？）

むしろリアンを物理的にも孤立させる策は、これでなくなってしまった。

リアンとラモナ達と同席させられている二人の妃の方が、居心地が悪そうだ。

「お茶はまだかしらねぇ？」

レベッカが催促すれば、メイド達が慌てたようにお茶を運んでくる。

メイドはぎくしゃくとしている上に、必要もないのに先に砂糖を入れるそぶりをした。

（あらあら）

何か混ぜたらしい。

リアンのカップだけだとは思うけれど、一応二人にも注意すべきか。迷ったが、置かれたカップを見て、ラモナがふふっと笑った。

「一人だけ色が違うお茶なのね？　入れるカップで変わるの？　どんな茶葉なのかしらね？」

同じ席の後宮妃が、さっと視線を落とす。心当たりがあるようだ。

ラモナは、他の二人より赤みの強いリアンのお茶のカップを持ち上げ、香りを確認した。

「こんな酢みたいな匂《にお》いがするものって何かしら？　お茶の葉は誰《だれ》が選んだんでしょうね？

それとも、なにか特別に入れたものでもあるのかしらね？」

ラモナが「よっこらしょっと」と立ち上がり、お茶を入れていたメイドに近づいた。

「あの、特別おいしくなるお砂糖を……」

間違っても妙な薬を入れたとは言えないだろう。

自分が犯人だと露見した場合も、それを入れるように指示した後宮妃が特定されたとしても、言い逃れができるようにしておきたいはずだから。

「誰が用意したのかしらぁ？　そんなに良いものなら、ぜひ教えていただきたいわね」

ラモナがニターっと笑う。

通称『姑《しゅうとめ》の笑み』と、女官勤めをしていた頃にメイド達に陰で言われていた笑みだ。

何か不備を見つけると、まずは笑顔で問いただし、追及する。そして優しく聞き出されて口を割った後は、やんわりと労《いたわ》るようにその場を下がらせる。

でも、もしメイドのしたことがかなりマズイことだった場合、すぐにメイドの弱みが王宮の人々に広まり……いたたまれず辞めるしかなくなるのだ。

それを、このメイドも知っていたらしい。

顔色を青くしながら、「あ、いえ、その、わたしが」ととぎれとぎれに言うばかり。

「あらぁ、あなたが準備したのではないの？　親切な後宮妃の誰かが、使うように言ったのね？　ぜひ私も味わってみたいわ。特別なのでしょう？」

とても良いものをリアンに使ったのよね？　私も欲しいわと言われ、メイドは涙目だ。

（そうね、匂いからすると下剤か何かのようだし、まぁ『良いもの』とは違うわよね）

「仕方ないわね、自分で探して頼んでみようかしら」

ラモナがそう言い出すと、赤髪の第八妃が立ち上がって、ラモナに抗議した。

「一体なんなんですの！　招待されていないお茶会に押し入って、あれこれ嗅《か》ぎまわるなんて非礼すぎるわ！」

しかしラモナはきょとんとして、首をかしげた。

「招待はされておりませんでしたけど、着席もいたしましたし。お茶も配膳してくださったのですから、参加しても良いということですわよね？」

「あっ……」

別の後宮妃が声を上げて口を覆った。

同じテーブルの第九妃が、青い顔のままつぶやく。

「慣習通り……です」

そう。例えば、招待されていないお茶会に行き合った場合のことだ。その家に用事があって、行ってみたら自分が招かれていないお茶会をしていたら、どうするか。

招待客がその時同時に着いた場合、誘わないというのも気まずいものだ。

だから主催者は、その客を飛び入りで参加させるかどうかを、判断する。その時に、声高に招待していないのにと言うのは失礼だし、手違いだった場合は、さも最初からそういう予定だったというふりをしておきたい。

だから暗黙の了解として、着席させず、そして着席してもお茶がなければすぐに帰ってほしいという合図にする習慣があった。

ラモナは強引に入って、後宮妃達が驚いている間に着席してしまった。

そしてお茶会の主催者達は、ラモナ達を追い出すよりも、リアンに薬入りのお茶を出すことを優先して何も言わなかったのだ。三人分を一緒に出してしまった方が、バレにくいだろうと思ったのだろう。

そのため、参加してもいい、という状態にしてしまったのは主催者達の方。ラモナとレベッカがそれで責められるいわれなどない。

レベッカは笑いをかみ殺していた。

リアンも笑わないよう、ぐっと表情筋に力を入れる。

「それでは、自分で探して頼んでみてもよろしいわよね？」

「…………」

誰も何も言わない。

ラモナは『良い』とされて入れられているものに興味を持って、ぜひ自分も欲しいと言っているだけだ。

メイドが堂々と『〇〇妃様です』と教え、その〇〇妃がラモナに答えればいいのだ。『数が少なくて差し上げられないのです』とか『取り寄せてお贈りしますわね』とか。

しかし匂いの原因が茶葉ではないため、言えないのだ。

自分達から『怪しいので追及しないで！』という行動に出てしまった第八妃は、唇をかみしめて着席する。

「ただ探すだけでは面白くないでしょうから、ちょっとした余興にいたしましょう？　私が匂いで、薬の持ち主を探し当ててみせますわ！　こういうのは得意なんですのよ」

ラモナはそう言うと、フンフンと嗅ぎながら歩き回る。

「うふふ、この方ではないわね」

まずは同じテーブルの妃達から確認したラモナは、次のテーブルへ。

三つ目のテーブルに行こうとしたら、一人の後宮妃が、真っ青《まさお》な顔をして逃げていった。

「あらあら、匂いがたどれなくなったわ、残念ね」

「後で訪問してみましょうよ、うふふふふ」

「おほほほほ」

恐ろしい老婆二人に圧倒される後宮妃達。

誰もが顔を見合わせて、どう行動するべきか、なにか言ってやりたいが、また上手《うま》くやりこめられるのではないか？　と鬱憤《うっぷん》をためている感じがする。

（そろそろ潮時かな）

リアンはラモナ達に退室しようと声をかけるつもりだったが、それよりも先に立ち上がった人がいた。

エルヴィラ王女だ。

「私、そろそろ部屋に戻るわ」

心ここにあらず、といった様子のエルヴィラ王女は、微妙に他の妃達ではなく斜め上を見ている気がする。

「ではわたくし達も！」

誰ともなく、みんな立ち上がる。

リアンは、それならゆっくりと退出しようと座ったままでいることにした。

第四妃と第五妃が、他の妃達を押すようにして、さっさと移動したがる。

でも木に囲まれた小さな庭は、それほど広くはない。

おかげでエルヴィラ王女はなかなか進めないようだ。

それでも怒らないのだなと思っていると、エルヴィラ王女の目が少し輝く。

（……？）

一体何かと思ったら。

「きゃっ」

リアンは後ろからぶつかられた。

温かい水が頭から肩、背中まで降ってくる。びしゃびしゃだ。

しかし冷めかけたお湯だったらしく、無色透明。

(変な匂いもしないから、毒や薬はないようね)

自分だったら、寵姫ではなくするために薬で肌を荒れさせるかもしれないので、少し警戒したのだが、後宮妃達はそこまで考えてはいなかったようだ。

濡《ぬ》れネズミになったリアンを見て、笑いものにしたかっただけなんだろう。

やれやれと思いつつ、リアンはにやけそうになる。

……こうならなかったら、後宮妃達を呼び留めて自分でお茶をひっくり返し、誰かに叱責《しっせき》される状況を作らねばならないところだ。

(私がひどい目にあうことが条件なんだもの)

さて、泣き真似《まね》をしようか。

そう考えた時だった、庭に近づいて来る一団に気づく。そこにいる人の姿を見て、リアンは慌てて悲し気に顔を歪《ゆが》ませて、泣き真似を始めた。

「大丈夫!?」

「おい、どういうつもりだ！」

心配してハンカチで拭《ふ》こうとするラモナ。

立ち上がって罵声《ばせい》を上げたことで、わざとぶつかった第五妃が「きゃあっ、怖い！」と声を上げて座り込む。

「この程度の叱《しか》り方で怖いとか文句を言うなら、初めからやるな！」

レベッカの正論に、リアンは噴き出しそうになって肩をふるわせる。

（な、なんとか泣いているように見えるかしら……？）

しかし、人に水をぶっかけて謝りもしなければ、誰かに怒られるのは当然だった。

「初めからってなんですの、今思いついたばかりなのに！」

第五妃の反論もひどい。

焦っている表情からとっさのことなのだろうけど、このぽろっとしゃべってしまうような第五妃が、自分で考えたとは思えない。

「発案者は第四妃の方かもしれませんね」

ぽそっとつぶやけば、それを耳にしたラモナが声を張り上げた。

「あらあら、焦りすぎて本音が出すぎていますわよ？　発案者は本当に第五妃様なの？」

「え、いえ、そんな」

第五妃は慌てて首を横に振る。

「では、第四妃様かしらね？」

リアンの顔を拭き終わったラモナが言うと、自分に水を向けられた第四妃が怒り出す。

「第五妃様が勝手にしたことですわ！」

「ひどい！　発案は第四妃様じゃないですか！」

「アタクシはそうなったらすごいわね、って妄想を話しただけじゃない！」

（うーん、それを言わなければ自己保身ができたでしょうに）

さすがは深窓の姫君達と言うべきか。自己弁護をしたつもりで、関わったのは間違いなく私だと白状してしまっている。

大変ありがたい。

「アタクシは何もしていませんわ。失礼させていただきます。別に火傷《やけど》をしたわけじゃありませんし、早く部屋に戻ってお着替えになったら？」

分が悪いと感じた第四妃は、そそくさと庭から後宮へ戻ろうとした。

「私だけ置いていく気なの⁉」

焦ったのは第五妃だ。

「家で新しく雇った料理人のチーズケーキを持ってこさせるから、水をかけるだけだし、どう？　って言ったのは第四妃様じゃありませんか！」

仲間同士の結束がくずれてしまうと、暴露大会になるようだ。しかし理由が可愛くて、リアンは笑いをこらえるのに大変すぎてうつむきそうになる。

「ちょっ」

立ち去りかけた第四妃が振り向く。

「こうしたら寵姫なんて言われて舞い上がってる小娘は心折れるだろうし、老婆二人を怒らせて若い女性が理不尽に怒られている風を装えば、衛兵だって私達の味方をするって……。ひどいひどい！」

怒りながら語り出す第五妃。多少子供っぽい無邪気そうな人だと思っていたが、まさか子供っぽく癇癪《かんしゃく》を起こしてしまうとは思わなかった。

それでも、理解ある男性と結婚したのなら、それが可愛らしく男性の目に映っただろうに。可愛い女の子にだだをこねられたい男というのは多いものだ。リアンには決してできないので、素直にすごいと思う。その手が使えたら……前世でももう少し生きやすかったかもしれないのに、と。

でもユーグの後宮に入るとは、不運なものだ。彼は秘密を守れない女性は、どんなに好ましくても自分の側に置かないだろう。

（そういえばエルヴィラ王女は……？）

気になって横目で確認すると、キラキラと顔を輝かせてこちらを見ている。

これでは、楽しいからいじめを推奨したり、いじめた部下が怒られても気にしていない人に見えてしまうけど、大丈夫なんだろうか？

なにより、エルヴィラ王女にとって邪魔な寵姫がお茶をかけられた場合、妬《ねた》ましいか邪魔だと思っているのなら、胸がすく思いを表情に浮かべるはずでは？

「なんというか……そんなにしゃべって大丈夫かい？」

レベッカはドン引いていた。こんなにべらべら白状してくれるとは思わなかったのだ。

(どうしよう、おかしすぎて笑いそう)

リアンの腹筋が崩壊しかけたその時だった。

「これは一体何の騒動だ?」

ようやく到着したユーグが、そう言って小さな庭に踏み込んできた。

「陛下!」

「ああ、陛下、ひどいことが起こったんですよ!」

ここで第四妃と第五妃が、抜け目なくユーグに取り入ろうとする。その根性はあっぱれ。目標に邁進《まいしん》することはいいことだ。

しかしユーグは無下にする。

「触るな。殺されたくなければな」

冷たく言い捨てられ、後宮妃達はびくっと手を止めて、ユーグから離れる。

「やっぱり昼だから……」

「殺されちゃうかもしれないわ」

青い顔をする後宮妃をちら見しつつ、リアンはしみじみ思う。

(呪いって便利……)

日常生活と交流には激しく邪魔だろうけど、面倒なものは呪いのせいにできてしまうのだ。

言い訳も考えなくていいので素晴らしい。

しかし後宮妃達はくじけない。

「気が立っているなら、あの寵姫も斬《き》られるかもしれないわよ？」

意地悪そうな笑みで言う後宮妃がいた。他の後宮妃達も期待する眼差《まなざ》しになる。

一方のユーグは、さっと剣を抜いた。抜き身の刃が、陽光で一瞬煌《きら》めく。

第四妃と第五妃が、「ひぃっ」と喉《のど》の奥で息を吸い込んだ。

「この騒動の原因は何だ。どうして黒薔薇妃が泣いている」

ユーグの言葉で、リアンは泣き真似に集中することにした。自分に注目が集まってしまったら、嘘《うそ》泣きだとバレてしまう。

（よし、ここからが演技の本番ね）

緊張から笑いの衝動がすっと収まってくれた。

今のうちにあくびをかみ殺して、目に涙をいっぱいためておく。上手くぽろりとこぼれるほどにたまってくれるだろうか？

必死にあくびを出そうとするリアンをそのままに、ラモナが真面目そうな表情でユーグに答えた。

「そこの二人の妃が、黒薔薇妃様にわざとぶつかってお湯をかけたのです。可哀想《かわいそう》に黒薔薇妃様は、ひどい扱いを受けたことを悲しんで、泣いていらっしゃるようです」

「二人が、お湯をわざとかけてあざ笑う計画を立てていたと、告白していました」

レベッカも証言し、ユーグは無言でうなずく。

そのまま数秒、ユーグは考えているようだった。

(……なんで何も言わないのかしら？)

不思議に思っていると、広間の扉の向こうから中をのぞいていたアドルフォが、焦った表情をしているのが見える。

なんだか『陛下、なんとかがんばって！』と口の動きで応援しているようだ。

(陛下が一番苦手なこと？　って、ああ。……ここから愛する寵姫をなぐさめる演技をするはずなのに、やりたくないせいでためらっているのかしら？)

第四妃と第五妃を断罪するのはいいとして、濡れネズミの寵姫にどう言ったらいいのかわからないのだ。しかも暗殺騒動ではないので、斬り捨てできないのも、ユーグ的に厳しい。

仕方なくリアンが動くことにした。

立ち上がり、あくびを十回繰り返した成果の涙を流しつつ、ユーグに抱き着きにいく。

「陛下！」

駆け寄り、しがみつく。

これはシーンを抜き書きしたパルティアが、『絶対してほしい演技』と注釈まで付け加えていたことだった。

リアンとしては、ついでにこんな面倒事に巻き込んだユーグに服がべっちゃりのまくっついて、「お前も服がべっちゃりになってしまえばいい」と思いつつ行動した。せめてもの嫌がらせだ。

「こ、殺される！」

と誰かが小さな悲鳴を上げたが、もちろんユーグはリアンを刺すことも斬ることもない。

どこからともなく、ほっと息をつく気配を複数感じた。

ユーグはゆっくりと剣を鞘《さや》に収めて、リアンを抱きしめ返す。

よし、なんとかユーグ側も、台本通りの行動ができたようだ。

「怪我《けが》はないのか？」

多少棒読みながらも、セリフも言えている。

「はい、あなたが来てくださったから……」

ちょっと笑いそうになったけれど、ご愛嬌《あいきょう》ということにしてくれないか。リアンは自分で自分の演技にハラハラする。

「もう、こんな集まりに来てはいけない。君の身が心配だ」

「そんな……。私はどうにか、皆様に仲良くしていただきたくて」

ここは原作なら、メイド主人公が婚約者達に『給仕をしてくれたら、許してあげるわ』という言葉を信じて、お茶会で給仕をすることになるシーンだ。

その結果、いじめられてお茶を頭からかけられる。

しかしリアンは彼女達と対等な立場の後宮妃なので、パルティアがセリフを変えてくれていた。

「君を傷つける者達と、仲良くする必要はない。心の中が憎しみで黒く染まった人間に、影響されては困るからな」

「なっ」

「えええっ」

ユーグの過激な発言に、後宮妃達がショックを受けた声を出す。

（さすがに追い出したくてお茶ぶっかけたり薬入りのお茶を出すような人は、黒いでしょ？）

秘密結社にいた前世のルドヴィカでも、自分が白いだなんて思ったことはなかった。実に性格が悪いことをしているなと思っていたのだ。今だって、どこか壊れている自覚はあるのに。

まさか、こんなことを実行しておいて真っ白だと信じていたとは……。

それよりも、エルヴィラ王女だ。

リアンは意識を王女へ向けた。発言主がユーグでも、さすがにひどい言いようだ。侮辱だと怒るかと思いきや。

口元を押さえて、感動した眼差しをこちらに向けていた。頬《ほお》は薔薇色に上気している。

（……はて？）

理由がわからず首をかしげるリアンを、ユーグは抱え上げてその場から退散したのだった。

四章　演技指導はお互い危険です

リアンの部屋に戻ってきたところで、ユーグはようやくリアンをそこに下ろす。

そのとたん、ついつい二人とも深く息をついてしまった。

「はぁぁぁぁぁ」

なんだか疲れてしまった。

ちらっと見たユーグも、少しほっとした雰囲気に感じられた。

「どうなさいました。上手《うま》くいかなかったのですか？」

待っていたベルタが、心配そうに言う。彼女は首尾を聞くためか、部屋にメイドを入れずにいたので一人だった。

「いえ、たぶんできたと思うんですけど……」

と話を始めたところで、バーンと扉を開けた人物がいた。

「なんとかなりましたねぇ！」

満面の笑みを浮かべたアドルフォだ。

「え、あれで良かったんですか？」

「なんとかなったのか⁉」

リアンとユーグが同時に言うと、アドルフォが苦笑いしつつうなずいた。

「エルヴィラ王女は信じていたみたいですよ。なんだか嬉《うれ》しそうに見えたので。……あの王女様、実は宮廷のドロドロ劇がお好きなタイプだったんじゃないですかね？」

アドルフォの評に、なるほどとリアンはうなずく。

「だから結婚式の日は、エルヴィラ王女的には物足りなくて怒っていたのかもしれませんね。少し攻撃の方向性がおかしいなー、と思ってはいたんですよねぇ」

お茶会で墓穴を掘っていた第四妃と第五妃なら、悔し紛れに『抱っこなんて子供みたい！』『そうよそうよ！』と言いそうだったが、エルヴィラ王女の言い方はちょっと違ったのだ。

まるで、恋愛模様にダメ出しをしている人みたいだった。そのせいで嫉妬《しっと》しているようには見えなくて。だからアドルフォの話に納得できたのだ。

ユーグはそのあたりがよくわからないらしい。渋い表情をしている。

「嫉妬させようとしているのに、喜ばせていいのか？」

「相手が何を喜ぶのかがわからないと、どうしようもありませんからね」

「それもそうか」

ようやくユーグも納得する。

「今度は嫌がる方向にがんばるか、むしろ喜ばせて『二人を祝福します』という方向に持っていくかを、エルヴィラ王女の態度次第で変えればいいわけですからね。……うん、演技はあいかわらず大根でしたけど、良かったですよ！」

アドルフォはびしっと親指を立てて言うと、「パルに成果を報告してきますねぇ」と去っていった。

「大根……」

ユーグはまたしても渋い表情になっていた。

リアンも同じ表情になってしまう。

「大根同士がんばりましょう」

そう声をかけると、ユーグが「ああ……うん」とうなだれた。

そんなリアン達を気の毒に思ってか、ベルタが微笑《ほほえ》む。

「お茶を入れさせましょう。お二人ともお座りください」

促されて、リアンとユーグはソファに座った。

ベルタはアニーを呼んで、お茶を入れさせ始めた。

部屋の隅で、用意したお湯がポットに注がれる音を聞きつつ、リアンはふと浮かんだ疑問を口にした。

「アドルフォ様は、本当にパルティア様が好きなんですね……」

「アドルフォの方から求婚したらしい」

「あ、そうなんですね」

パルティアの方から恋したとは思わなかったが、アドルフォが求婚したというのも、なんだか不思議な気がする。

すると、ユーグが話してくれた。

「この王国の貴族令嬢で、僕の味方をする家の女性で、性格が良い人だからと」

「え、それなら陛下のお妃《きさき》にと願うのでは？」

その方が、公爵家も確実にユーグの味方をしてくれるはずなのに。

「僕と母上の立場が微妙だったからな。公爵家としても、万が一の場合の逃げ道は確保しておきたい。だから、王子の婚約者にという話なら、断ると言われていたみたいだ」

「あ……」

そんなところにも、微妙な駆け引きがあったのか。

(だとしたら、あの二人も最初はお互いに恋したわけじゃなかったのかしら?)

でもそれでは、恋愛の専門家だと言って、アドルフォがパルティアを連れてくるわけもない……と思うのだけど。

そんなリアンの疑問を感じてか、ユーグが笑って付け足す。

「まぁ、アドルフォが一目ぼれしたというのが正直なところだろう。僕の妃候補として交渉することはなかったようだ。最初から、そういうリスクがあるし、どうせなら自分と結婚してほしいんだと、公爵に堂々と言ったそうだ。それなら、万が一の場合でも自分の一存でパルティア嬢を守れるだろうからと」

「ええと……情熱的なのか、そうでないのか不思議な感じですね」

リアンとしては反応に困る話だった。

「それぐらい、パルティア嬢と結婚したかったんだろう。そのまま公爵からパルティア嬢がうなずいたらという条件を引き出し、足しげく通って口説《くど》いていたからな」

そこまで聞くと、たしかに情熱的だと思う。

「それにしても、今回のことでエルヴィラ王女がどう思ったのか、もう少し知りたいですね。なぜ嬉しそうにするのか……」

リアンは理由をきちんと把握しておきたかった。エルヴィラ王女が宮廷のドロドロが好きだというのも、結局は推測にすぎない。

「調べるのは難しいな。人を使うのにも限界があるし、気取られれば警戒されてしまうだろう」

そこでリアンは、部屋の隅で控えていたアニーに向き直った。

「アニー、あなたの観察眼を見込んでなのだけど、しばらくエルヴィラ王女のことを見張ってもらえるかしら？」

アニーは少し考えて答える。

「黒薔薇《くろばら》妃様のメイドが様子をうかがっていたとわかったら、後で王女派のメイドにいじめられそうで怖いのですが……」

アニーはエルヴィラ王女側に、自分が危険人物だと注目されるのが嫌なのだろう。

黒薔薇団として、情報を集めにくくなるからだ。

それなら、彼女が探っているとわからないようにしてあげればいい。

「なるほど。何か方法がないかしら」

と思っていると、ベルタが戻ってきたので相談してみた。

「では、ラモナ様とレベッカ様のメイドと一緒に、庭で衛兵と交流してもらいましょうか？大勢で行動するのなら、他《ほか》の後宮妃の部屋の近くにいても、アニーだけに注目されることはありません。合間に、アニーが後宮妃や女官達の側《そば》に近づくこともできるでしょう」

「いいわね。どの部屋も庭に下りられるベランダがあるのだし、季節がいいから外に出ることも多いでしょう。そうして出てきた時に、聞き耳を立てに行ってもらえればいいわ」

リアンがアニーに提案してみる。

「それでしたら……」

アニーが了解してくれたので、それで決定した。

「ではその手配をいたしましょう」

「アニーも行ってきて」

まずはラモナやレベッカのところへ行くだろうから、アニーの行動に配慮をしてもらうためにも、アニーの顔を覚えてもらった方がいいだろう。

リアンが言うと、ベルタはアニーを連れて部屋を出た。

ユーグと二人になると、ほっと息をつく。

「あのメイドは、信用できるのか？」

少し気を楽にしたように、ソファにもたれたユーグが言う。

「ベルタも大丈夫だと言ってくれましたし、私が女官をしている時も、口が堅くて真面目《まじめ》な人だと思っていましたから」

「なるほど。君の評価なら信じよう」

そう言われて、リアンはきょとんとしてしまう。

「私の評価を信用なさるのですか？」

するとユーグはなんでもないことのように「ああ」と言う。

「巻き込んでしまったというのに、君は今までよくやってくれているからな」

「え……」

意外で、リアンはびっくりした。

とりあえずお礼を言おうかと思ったところで、扉をノックしてメイドが入ってきた。

「新しいお茶をお出ししに参りました」

茶色の髪で声色もリアンの部屋付きになったメイドのものだった。

アニーがいなくなったので代わりに来たのだろう。

なんとなくリアンとユーグが沈黙する中、お茶を用意する音だけが部屋の中に響く。

しばらく葉を蒸らす時間を置いた後で、メイドが新しいカップに入れたお茶を持ってきた。

温かいうちに一口飲みたいと思ったリアンは、テーブルからカップを持ち上げた次の瞬間、置き直す。

「陛下、飲まないで！」

口に運ぼうとしていたところを、リアンはとっさに手で払う。

ユーグの手元から払い飛ばされたカップが床に落ち、音を立てて割れた。

「何事ですか!?」

カップが割れた音を聞いて、隣の小部屋で控えていたメイド達が飛び込んできた。

リアンはその間に、逃げようとしたメイドを捕まえるため動いた。

お茶を入れていたメイドは、カップを払い飛ばした瞬間、窓から逃げようと走り出したのだ。

（窓を破られたら、修理のためにこの部屋が使えなくなる。そのせいで部屋の変更をしなくちゃいけなくなったら、護衛がいても、暗殺者に攻撃されやすくなってしまうわ！）

急きょ部屋を変更したら、警備計画が急ごしらえのものになってしまうので、それこそ侵入者対策に穴ができてしまうのだ。

(私は、安心して眠りたいのよ!)

前世、不眠で病気がちになったりしたので、リアンはどうしても睡眠時間は確保したいのだ。

「まぁてえええええ! 睡眠妨害はゆるさないぃぃぃぃ!」

その思いがあふれすぎて、口から怨嗟《えんさ》の声が飛び出した。

驚いたメイドはつい振り返った。でも走っていた勢いが止まらず、背中から窓にぶつかって押し開ける。

そのまま外へ転がり出そうになった、リアンに足をひっつかまれる。

窓の外に上半身だけぶら下がったメイドだったが、そんな彼女を飛び越えるようにして侵入者が入って来た。

「リアン!」

ユーグが呼ぶ声に、リアンはとっさに何も考えず横に転がった。

メイドは外に転がり落ち、リアンがいた場所に剣が突き立てられる。

その剣を引き抜く前に、衛兵の姿をした侵入者をユーグが剣で突き刺した。

ためらいのない行動に、目撃したメイド達は誰《だれ》も声を出せずにいた。

リアンも息をのみ、侵入者の腹から突き出た剣先を流れ落ちる血を、じっと見つめてしまう。

恐ろしくも懐かしい、暗殺者のようなこの冷酷さ。

そして見上げた仮面をしたユーグの落ち着いた様子に、納得する。

彼の呪《のろ》いの話を、誰もが信じてしまった理由を。

ただ剣で脅されて怖かっただけじゃない。

ユーグが一瞬のためらいもなく人を殺したことと、それに対して何も感じていない、平素の様子だったことをみんなが恐れたのだ。

(まるで、暗殺者として生まれてきたみたいに、人の死に何の感情も抱いていないのね)

そう、ユーグのような人を見たのは前世以来だ。

懐かしいのはそのせい。

過去の記憶を思い出していたら、異変を察した衛兵が、窓の外や部屋の中にどかどかと到着した。

「逃げた女を捕まえろ。あと、茶に何が混ぜられていたのか調べるように」

「かしこまりました」

衛兵が答え、メイドを捕まえにいく。しかしさして時間をかけず、警備にあたっていた衛兵が捕えたと報告があった。

さらに、捕まえたメイドは、リアンの部屋を担当している者ではなかったらしい。人の目を騙《だま》すために茶色のカツラをつけていた、侵入者だった。声の方は、声音を真似《まね》するのが得意だったのだろう。

侵入者の死体を衛兵達が片づけた後、メイド達も部屋の掃除をしてくれた。

その後、知らせを聞いて戻ってきたベルタが、リアンのカップと残ったお茶を引き取っていった。

部屋の中は、リアンとユーグの二人だけになった。

リアンはふぅ、と息をつく。

早々にお茶に混ぜ物をされるとは。

(しかも、陛下もろともだとは思わなかった)

ユーグの存在は、エルヴィラ王女にも後宮の妃達にも必要だと思っていたので、彼がいる時には毒や薬は混ぜられないと思っていたのだ。

しかし、気にせずに毒が混ぜられていたのは──。

(もしかして、お茶会の一件のせい？　陛下にも罰を下そうと思った？)

お茶会から、少しだけ時間が開いてからの襲撃だった。だから、高位の貴族かエルヴィラ王女の周囲の人間が実行を命じる時間はある。

なんにせよ、これからはもっと食事に気を使う必要がありそうだ。

(なんか、前世みたいな生活になってきたわね。懐かしいけど疲れるわ)

と内心でため息をつく。

そんなリアンに、ユーグは礼を言う。

「守ろうとしてくれたことに感謝する」

「陛下がいなくなっては、困りますから。帝国がこの国を併合したら、戦争が好きな帝国のせいで、うちの親が戦乱に巻き込まれる恐れがありますもの」

「君は親御さんを大事に思っているんだな。僕は……正直、この国を守ろうか一人だけ逃げてしまおうか、迷ったこともあった。母上にそう勧められた時もあったんだが……」

デリア前王妃は、子供を守るために様々に考えたのだろう。王位よりも安全な生活を優先させたいと思っても当然だった。

ましてや子供時代のユーグが、逃げてしまいたくなっても仕方ない。

「そんな母の意見にうなずかなかったのは、あのろくでもない父親を自分の手で殺したかったからだ」

ユーグの告白に……リアンは驚かなかった。

何度も殺されそうになったから、ユーグは国王に情など感じていないだろう。

でも実際のユーグは、譲位をした前国王を早々に王宮から放逐しただけだった。

王都から離れた城に移動させたのだ。

国王本人の了解をとらずに眠らせて連れ出したので、国王派の貴族達が騒いだみたいだ。しかしユーグが一喝して黙らせたらしい。

『後宮に入れる妃を選ぶ権利を得る代わりに、何でも言うことを一つは聞くと言った。その約束通りに、住まいを移してもらっただけだ』と。

一方で、その約束があるせいで、ユーグは国王派の妃まで後宮に入れることを我慢している。どうせ嫌がらせのための後宮なのだから、気にも留めていなかった可能性もあるけれど。

むしろリアンは驚いたぐらいだ。

「なぜ、殺さなかったのでしょうか。対外的な問題があったのですか？」

ユーグは少し驚いたように目をまたたいた。普通の人なら『情があるから殺さなかったのね』と言うのに、リアンが全く違う言葉を口にしたせいかもしれない。

（だって、たぶんその辺りの考え方は、私と似てると思うから）

国王派だったとはいえ、自分の側近を、斬《き》り殺すような人だ。積年の恨みがある相手を情で判断はしないだろう。むしろ生かすことで利益があるとしか思えないのだ。

「無理しなくていい。父を殺したかったと聞けば、たいていの人間は僕のことを冷たい人間だと思うはずだ」

「親だからといって、無条件に敬う必要はないでしょう。うちの親は、それに値する愛情をくれました。けれどそうじゃない人も大勢います。市井には、子供を売ってしまう人ですら存在するのですから」

つい、なぐさめを口にしてしまうリアン。

ユーグは王の息子という立場だというのに、生き残るために人を殺すことにも慣れ、心すら動かさなくなってしまった。

そんな彼の姿に……前世の自分とそう変わらないな、と同情してしまったのかもしれない。

「愛情深い家庭に育ったと聞いたが、ずいぶんとあっさりとした考え方をしているんだな」

ユーグの評にリアンは苦笑いする。

「愛情深かったからこそです。うちの両親が奇跡のような存在だと思うからこそ、それを得られない方にまで、親に何が何でも尽くせとは言えません。他の方の両親が素晴らしい方なら、もちろん大切にした方がいいと言うでしょう。それに陛下も、デリア前王妃様に対してはきちんと愛情をお持ちだったでしょう？　区別しているだけです」

そこで初めて、ユーグは柔らかな微笑みを見せてくれた。

「そんな考え方をする女性がいるとは思わなかった。特に若い女性には、難しいだろう。親への服従こそが絶対と教えられている貴族女性なら、片方の親を大切にするのなら、もう片方にもそうしなければと義務のように口にする。心の底では同意していても、口にはできないはずだ。君のようにあっさり答えてしまえるのは、ラモナとレベッカのように酸いも甘いもかみ分けられるほどの人生経験がある人ぐらいだろうに」

「………」

リアンは「げっ」と言いそうになってこらえる。

（やだ、四十一年分の人生のせいで、もしかして私、自分がおばさんのつもりで話しちゃった？）

「なんにせよ、命を救ってくれた礼はしないとな」

ユーグは、お茶事件のことを重く考えたようだ。帝国派の後宮妃達は王妃になりたいのだから、自分が後宮で狙《ねら》われると思っていなかったのだろう。

そしてユーグは、意外なことを言い出した。

「もしこの寵姫《ちょうき》作戦が成功するにせよ、失敗するにせよ。終了すると決めた後は、君の願いを叶《かな》えよう」

「え……」

成功したらというのなら、わかる。でも。

（失敗しても、いいの？）

リアンは耳を疑った。その様子に、意味がよくわからなかったと思ったのか、ユーグが説明してくれる。

「失敗したとしても、褒美を渡す。王都に館《やかた》を持ってゆったり暮らしたいというのなら、そうしよう。もちろん、その時には年金も用意する。女官に戻るとしても、その間も年金が支払われるようにしよう。宝石が欲しいのならそれでもいい。何を願うのか決めておいてくれ」

本当に、ユーグは失敗してもリアンに褒美を出すつもりらしい。

秘密を抱えたままの自分を、大切な臣下のように扱うつもりなのか。

（嘘《うそ》……じゃないわよね？）

「疑っているのか？」

「え、あの……脅されての、後宮入りだったものですから。それに陛下の仮面の件について、秘密を知っているわけですし」

秘密を明かされたくないなら、そんな穏便な処置はしないはずだ。

するとユーグは意外なことを言う。

「今までのことを見て、君は秘密を口にしないだろうと思ったからだ」

「もちろん、命が惜しいので言いませんけど……。信じられるのですか？　脅されて、家族の命を引き換えにされたら、言ってしまうかもしれませんよ？」

リアンなら、まず信じない。

「問題ない。そこまで不安なら、仮面の呪いを利用しなくてもいいように努力する。それも、君への報酬の一つにしよう」

ユーグの発言にびっくりするリアンを置いて、ユーグが立ち上がる。

「ではまた」

そう言って彼は部屋を出ていったのだった。

☆☆☆

「そんなに、感動しちゃったのかしら……」

リアンは首をかしげて、窓の外に浮かぶ満月を見上げる。

今日《きょう》の月は薄い雲がかかって灰色に鈍く輝き、ユーグの髪色にとても似ていた。

「でも感動したからって、自分を支えていた秘密を捨てられるのかしら」

リアンならできない。安心して眠るためにも、決して手放さないだろう。

「まさか、そうするほど私に心が傾いたとか？」

世間でよく言う恋とか愛とか、そんな感情を抱いているんだろうか。

そんなことを考えてから、リアンは自分の頬《ほお》を少しつねる。

おかしい。

自分がこんな考え方をするなんて。人の色恋なんて、陰謀に必要じゃない限りは、考えたりすることはなかったのに。

「私、もしかして影響されちゃってる？」

ちらっと横目で、窓枠に置いた恋愛物語の本を見た。

パルティアに借りた恋愛物語だ。流れも把握しておきたいと思って読みきっている。

なにせリアンは暇があった。

お茶会でいじめられた（ことになってる）上に、お茶に薬が混ぜられた事件で憔悴《しょうすい》した（ので、寝込んでいるふりをしていた）せいだ。

なんにせよ、あまり恋愛に興味がないリアンでさえ、するっと読んでしまったのだから、この物語が人気なのもうなずける。

本のおかげか、リアンはようやく恋愛をしている女性の気持ちが少し理解できた気がした。

そこへ、お茶のお代わりを持ってきたベルタが、微笑ましそうにリアンを見て言った。

「もう読んでしまったんですか？　そのお話は面白かったようですね」

「はい。久しぶりに読書をしたな、という感じでした」

リアンの返事に、ベルタが首をかしげる。

「あまり本は好きじゃないんですか？」

「こういった恋愛ものは特に読まないですね。あんまり共感できないもので」

素直に答えると、ベルタが真顔になった。

「共感……難しいでしょうか？」

「面白いとか、美味《おい》しいというのは共感しやすいのですけど……」

澄んだ空を見て綺麗《きれい》だとは思うし、それを他の人と同じ意見だったねと共有することは可能だ。それが共感だと思う。

だけど恋だけは、難しい。

恋人のことを「ひどい」と言うのに「別れたくない」と泣く気持ち。

ひどいことをされても「きっと愛は残っている」と盲目に信じてしまう気持ち。

親子であっても、リアンはそんな気持ちがわからない。

特に前世ではそうだった。

今は、両親が優しい人だからこそ、愛情というものの存在を信じられるようになったけれど、全くの他人同士だと、どうやって相手に愛情があると確認をとればいいのか。

時間をかけてあれこれ検証しないまま、愛情を信じるのは怖くないのかと思うのだ。

ベルタは小さく息を吐いた。

「そうですね。黒薔薇妃様は前から恋愛に興味が薄かったようでしたから。結婚する気もなくって聞いてはいたんですけれど……。それでも、誰か信頼できる人が側にいれば、と考えたことはないのですか？」

「信頼できればいいんですけれど……。昔一度、お金で騙されたことがあって」

こういう時、リアンは『騙された経験がある』と言うことにしている。そうすると、たいていの人は、人間不信気味なことをおかしいと感じなくなるのだ。

そしてお金の話をしておけば、誰でも「ああ」と納得する。ベルタもうなずいてくれた。

「お金も大事ですわね。でも信頼できる人がいれば、何かあった時にその人の助けが得られると思いませんか？　恋した相手なら、安心して側にいてもらえると思う人も多いと思うのですよ。だから結婚したり、そうではなくても一緒に暮らすのではないでしょうか」

ベルタの話を聞いて、リアンはふむと思う。

「ということは……恋というのは、頼れるという確信があって初めて成り立つんでしょうか」

つぶやくと、ベルタが「ああ、わかりましたよ」と苦笑いする。

「黒薔薇妃様にとって、家族愛なら原因がはっきりしているものだから理解しやすいけれど、恋は感覚的すぎるのですね。すぐ熱しては冷めてしまう人がいるのに、誰もが素晴らしいものだと語るから、なんだかすごいものだと思ってしまったのではないでしょうか」

「なんだか、すごいもの……」

そうだろうか？　と首をかしげる。

でも自分がわからないものだからこそ、過大評価しやすいのは理解できる。そういうことなのかもしれない。

「そもそも恋って、強く感情を動かすものですから。感動する物語を読んで、その作品が大好きになるのと同じだと思うのです。誰かに『嫌い』と言われても、登場人物のほとんどを擁護したくなるものですから……。良いところもあるのよって」

「ああ……それならわかります」

リアンはうなずいた。

感情をゆさぶられたものを、好きになるのなら理解できる。

（四十一年と十七年生きてみて、ようやく恋がなんだったのかわかった気がするわ）

では自分は、人に対して恋をするほど強く感情が動かなかった、ということだろうか。

(もしかして私の、人間不信のせいでは)

誰かに対して、感情を強く動かして擁護したくなるような状況になれば、判断を誤ってしまうこともある。それが自分の死に直結すると感じて、前世からずっと心が動かないようにしていたのかもしれない。

(恋なんてするわけがなかったのね)

やっぱり、人間不信が直らない限り、恋愛なんて無理そうだ。

(だけど演技はなんとかがんばらないと)

リアンは、ポケットから手紙を取り出して見る。

パルティアが演じるべきシーンを抜き出し、まとめてくれたものだ。

少し前に、第二弾として、直近で演じるべきシーンを二つ書いたものを、急いで手紙という形で渡してくれた。

素早い行動と、書き写したパルティアの侍女に感謝だ。

本では分厚くて持ち運びしにくいので、数枚の紙にまとめてくれていれば、ポケットに入れておいて、隙間《すきま》に確認しておけるので便利だ。

もう一度、次はどんなシーンで、セリフは何だったのか、覚え直そうかと思った時だった。

扉が小さく叩《たた》かれ、応対に出たベルタが招き入れたのはアニーだった。

「早速、王女について少し観察できましたので、その報告をしに参りました」

さすがアニーだ。

ベルタと共にすぐに行動をした上、あっさりとエルヴィラ王女の近くで聞き耳を立てることに成功したらしい。

「どんな感じだったかしら？　ちょっとしたこととか、エルヴィラ王女の好みのものとか、そういうのでもいいから教えてくれると嬉しいわ」

ふんわりと世間話の一環ぐらいのネタでいいので、教えてほしいと頼むと、アニーはうなずいた。

「エルヴィラ王女はお茶会の後、外で本を読んでいました。その場所がちょっとおかしなところだったので、近づくのは簡単だったんですが……」

「おかしなところ？」

「エルヴィラ王女の部屋に近い、生垣に囲まれた場所でした。メイドを一人だけ連れて、敷物の上に座ってこっそりとそこで本を読んでいたんです」

アニーも、（どうしてこんなところで？）と思いながら生垣の向こう側に潜んで観察した。

エルヴィラ王女が持っているのは、庶民が作って売っている簡易本だった。

普通の本のようにしっかりとした革表紙でもなく、紙を重ねて真ん中で縫い閉じて作った、薄い冊子だ。

紙の値段が安くなった百年ほど前から、庶民の娯楽用に作られたものだ。安価な本なので、裕福な人々は購入し、お金がない人は貸本屋で借りて読む。

内容は、庶民の面白おかしい話や恋の話、もしくは貴族達の下世話な噂話《うわさばなし》が多いので、帝国の王女が読んでいたのは意外だった。

なのでアニーも、目を疑ったそうだ。

エルヴィラ王女は本に没頭していたが、四人の水色のドレスを着た、帝国から連れてきた侍女達に見つかり、怒られてたそうだ。

『姫様！　またそんな庶民の本ばかりお読みになって！』

『詩集を用意いたしましたのに、どうしてそちらをお読みにならないんですか！』

『こんなことがランバート王国の人間に知れたら大変！』

『帝国の威信に関わりますのよ！』

簡易本を読むのは、帝国では不名誉なことらしい。

中身が下世話な話が多いせいか、ランバート王国の貴族にも簡易本を読むのは好ましくないという風潮はある。特に貴婦人達には見てほしくないと、親や夫が渋い顔をするらしいが。

（意外とみんな読んでいるのよね）

亡きデリア前王妃でさえ、簡易本を集めたことがあるくらいだ。

貴族の噂話についての本など、お酒の入るパーティーや身内の集まりで話のタネに挙がるらしく、むしろ読んでいた方が話についていけるのだと言っていた。

リアンの現在の両親も、簡易本を娯楽として楽しむタイプの人達だったので、リアンにも抵抗感はないし、知り合いの貴族令嬢達も読んでいると聞いている。

エルヴィラ王女の方は、怒られても気にしていないようだった、とアニーは続け、その後の様子を続けて詳しく話してくれた。

エルヴィラ王女は冷たい表情で彼女達に言い返していたそうだ。

『ここで読んでいたのは、あなた方がうるさいからだわ。それに他の妃に聞いたけど、ランバート王国では簡易本を読むことを、必ずしも非難されるわけではないらしいわよ？　しかもわたしが読んでいるような恋愛ものなら、同好の志のお茶会まであると聞いたわ』

『しかし姫様。帝国の王女として……』

『わたし、もうランバート王国の妃なんだから、いつまでも帝国にこだわるよりは、ランバート式に染まった方が良いのではなくて？』

ああ言えばこう言う、という感じでエルヴィラ王女は切り返した。

『帝国に味方する令嬢との交流は重要でしょうけど、あの方々は自分が先んじて国王に気に入られた後、我ら帝国におこぼれをちらつかせて利益を得ようとしている者達ですよ。現に、三度ほど第四妃達が国王の寝所に忍び込んだり、あられもない姿をさらしたらしいではありませんか』

油断できません、とめげずに侍女は言ったらしい。

(なるほど、その三度で陛下が寵姫作戦を決意したわけね)

リアンは密《ひそ》かに納得していた。後宮妃が相手では、罰することはできない。本来の後宮の意味からして、間違ったことはしていないのだから。

エルヴィラ王女はそのことすら気にしていないようだったそうだ。

「王女は、『させておけば良いではないの。どうせ力関係上、彼女達が子を産んだとしても、わたしが王妃になるのだし』とおっしゃっていました」

アニーの報告に、リアンはエルヴィラ王女のことが少しわかってきた。

(自分の持つ力については、よく理解していらっしゃる)

ユーグに寵愛《ちょうあい》されるのが誰であれ、もし王妃を決めることになれば、エルヴィラ王女のことを無視はできない。

誰が寵姫だったとしても、エルヴィラ王女よりも身分と後ろ盾が強くはないのだ。

王妃をエルヴィラ王女にして、あくまで寵姫は後宮妃のままにするしかなくなるだろう。さもなければ、寵姫の子供に継承権を持たせてやれないのだから。

ユーグが王女を脅す最終手段を使わず、エルヴィラ王女が国へ帰らない場合は、次善の策としてそうするしかなくなる。

だから寵姫が来ても、気にしなかったのだろう。

謎《なぞ》は解けたものの、まだ十代のエルヴィラ王女がそこまで達観できる理由がわからない。簡易本の恋愛物語を好んでいるのなら、結婚生活を最初から捨てるような思想にはならないと思うのに。

帝国での環境のせいか、それとも政略結婚の駒《こま》だからと、こだわらないように育てられたのかもしれない。

「ありがとう。それでもしわかったら教えてほしいんだけど、エルヴィラ王女が読んでいた本のタイトルは見えたかしら？」

念のため聞いてみると、アニーは目がいいようで断片だけは見えたらしい。

その一部だけのタイトルを聞いて、リアンは微笑んだ。

「なるほど。すごく参考になったわ、ありがとうアニー。ちょっとそこで待ってて」

リアンは寝室にある鏡台の引き出しを開ける。

そこには高価なものの、国宝級ではない程度の髪飾りなどが入っている。

白蝶貝で作られた花と緑影石の葉の装飾が繊細なものを一つを選んで、リアンは居間の方へ戻り、アニーに渡した。

「難しいことを頼んでごめんなさいね。これは今回のお礼よ。売ったり誰かにあげたりしても大丈夫。あなたの好きにしてね。……それで、次もまたお願いしたいけど、これ以上は怖いということだったら遠慮なく言ってね。メイドの仕事は続けてもらいたいから」

「これは……」

アニーは渡された花を凝視した。

それからはっとしたように顔を上げ、お礼を言った。

「ありがとうございます。次も、私でご協力できることならさせていただきます」

アニーはそのまま部屋を出ていった。

ベルタが不思議そうな顔をする。

「なんだか驚いていたようですけれど……どうしたのでしょう」

「高価すぎたかしら？」

リアンはそう言って誤魔化したけれど、おおよそ推測はできている。

アニーに渡した花飾りは、前世でアニーが好んでいた花を模したものだ。

白い椿《つばき》。

黒薔薇団では黒薔薇を身に着けたがる人が多かったけれど、その中でアニーは椿が好きだと言っていた。

「母さんの黒薔薇の隣にあると、目立つでしょう？」と。

まさかリアンの前世に気づくわけもないが、諜報《ちょうほう》を依頼された御礼に出てきたのが椿の花を模したものだったことで、少し『リアン』に親近感を覚えてくれるといいと思って渡したのだ。

その目的は、どうやら達成できたみたいだった。

アニーが退出した後は、夕食を終えていたのでユーグを迎える準備をする。

来訪時間について連絡があったので、ベルタやメイド達と一緒に、リアンは扉の外で待つことにした。リアンがユーグに来てほしいと思っていると、これで表現できるだろう。

後宮一階の白の回廊は、燭台《しょくだい》の光で薄明るくなっている。

その中を歩いて来るユーグは、回廊に出てきていたメイドや興味本位で見にきた後宮妃の視線をものともしない。

そこへ、一人の女性が走り出た。

膝《ひざ》を滑らせるように床に座り、ユーグの前に手をついて平伏する。

ユーグをかばおうとした侍従や衛兵達が、「え?」と困った表情になっていた。

「あらこれは」

面白いことになった、とリアンはそのまま観覧することにした。

「どうぞお情けをくださいませ!」

彼女はそう言った後は、顔を上げずにじっとしている。

一瞬見えた顔からして、後宮妃でも女官でもない。だからメイドの一人なのだろう。

薄手のワンピース姿なのも、傍《はた》から見ると『お情け』が欲しいがゆえの服装のように思えるかもしれないけど。

「たぶん、後宮妃の誰かがいじわるをするために、脅したのね」

女性の顔色は悪かった。しかも裸足だ。

後宮妃の一人にでも脅され、その服装で国王に寵を願って見せたら、許すとでも言われたのかもしれない。

ただし相手は冷酷になる呪いを持つ王。嫌悪感を持たれたら、即殺される。メイドはそう思っているはずだ。恐怖のせいか、小刻みに震えていた。

ユーグは無言で剣を抜いた。

周囲から悲鳴が上がる。

見に来ていた後宮妃の一人が、「きゃあ」と言いながらも口元が笑っていた。

第五妃。彼女か。

そんな第五妃を、リアンと同じく鋭い目で様子をうかがっている人がいた。

（あ、ラモナ様）

様子を見に来ていたのだろう。ラモナがこちらを振り向いたので目が合った。それでなんとなくお互いに同じ意見だと察したので、うなずき合う。

ユーグは剣を持ったまま進み出た。侍従や衛兵達も呪いのことを信じているので、止めようがないみたいでおろおろしている。なにせ彼らの役目はユーグを守ることで、ユーグを煩わせる相手を命をかけて止める仕事ではないからだ。

この場合、止められる立場にいるのは一人だけだ。

「陛下」

リアンは小走りで近づいた。

念のため、平伏する女性の一歩後ろに立つ。

ここはリアンの人間不信の結果だ。背後にかばった瞬間に『引っかかったな！』と殺される想定をしてしまったからだ。

そしてリアンの言葉だけで、ユーグは足を止めた。

「自ら望んだのではないように見受けられます。この方のことは、ラモナ様にお預けになりませんか？」

リアンの言葉に、ユーグが静かに剣を下ろした。

そこへ、しずしずとラモナが近くへ寄ってくる。

「この不心得な者は、わたくしが預かり事情も調べましょう。お疲れのはずですので、陛下は黒薔薇妃様とお休みくださいませ」

「わかった。始末を任せる」

ユーグは短く返し、それでも剣を鞘《さや》に収めないまま、左手で通りすがりにリアンの右手を握って歩き去る。

背後から泣き声と、ラモナが声をかけているのが聞こえた。

ラモナなら、良いようにしてくれるだろう。

そして部屋に入ると、ユーグは侍従が持っていた大きなバスケットをテーブルに置かせ、メイドやベルタ達も含めて全員を退室させてしまう。

まだ抜き身の剣を持ったままだったので、メイドも衛兵達も、こわごわとこちらを見ていたが、ベルタは苦笑いをしていた。

扉が閉まる音がして、ようやくユーグは剣を鞘に収めてほっと息をつく。

「こんな手で来るとは……」

「陛下が私の元へ来るのを、阻止したかったみたいですね。ああいうことをされて不愉快になった陛下が、戻るよう期待していたんでしょう」

リアンは笑うしかない。

「あの女性はメイドをしていた人だと思います。ラモナ様にまずはお任せしましょう」

付け加えた言葉に、ユーグは小さくうなずいた。

「ああ、それならいい」

殺されに行けと指示された女性に対して、ユーグも心配していたのだろう。彼だってむやみに殺したいわけではないのだから。

ユーグは疲れたようにソファに座る。

そして侍従がテーブルに置いて去った、大きなバスケットを自分で開けた。

「もしまだ眠る気がないなら、付き合え。疲れているなら気にしなくていいから」

バスケットの中からユーグが取り出したのは、ワインが何本かと、つまみになりそうな揚げた鶏肉にチーズ、スティック状に切った野菜だった。

今日もリアンと酒盛りをするつもりらしい。

「お腹《なか》がすいていたんですか？」

忙しくてご飯を食べそびれたのだろうか？　首をかしげるリアンに、ユーグが仮面を取ってテーブルに置いてから笑う。

「酒は少し欲しいとは思っていた。あと、君は酒盛りが好きそうだったから、前回の返礼にこちらで用意してもいいかと。ほら、このワインはパルティア嬢のフォルト公爵家で作っているワインだ。葡萄《ぶどう》の質が最高だった二十一年前に造ったものらしい」

ユーグは赤ワインの瓶を差し出して置いた後、もう一本勧めてくる。

「こちらは貴腐ワインだな。甘いので女性に飲みやすくて人気だと聞いた」

「では私、貴腐ワインの方をいただきます」

そう言うと、ユーグが栓を開けてくれた。

ユーグはごく自然に自分でグラスに注ぎ、リアンに渡してくれる。

(王様に給仕させてしまったけど、いいのかしら)

稀有《けう》な体験をしてしまったと思いつつ、何も気にしていないらしいユーグの様子に笑みがこぼれそうになりながら、とろりとした黄金色のワインを見つめた。

　前世ではもっと酸味があるものが好きだったのに、十六歳の成人後になって試してみたところ、今のリアンは甘いものが口に合うようなのだ。

　そのまま、二人で静かにお酒を口に運んだ。

（お酒でも入れないと、なんだか緊張してしまいそうだったから良かったわ）

　眠る前になると、妙にユーグが部屋にいることを意識してしまうのだ。結婚式の日だけだ。疲れてすぐに眠ってしまったのは。

（昔は、誰がいても浅い眠りにすっとつけたのに。ぬくぬくと育ったせいなのか、浅く眠る技能がないのに、警戒心だけは残ってるなんて）

　しみじみと「結婚して夜に他人と二人きりになるなんて、おかしなことになったなぁ」と思ったのだが。

「まぁ、おかしなことに巻き込んだのは確かだな。謝罪する」

　リアンがうっかり口を滑らせていたようだ。

「恐れ多いことです」

　とりあえずそう答えたリアンは、冷や汗を背中に感じた。

（マズイ。思った以上に私、酔ってきてる？）

　自覚はないのだけど……。

「これからも、まだ面倒なことになると思うが、よろしく頼む」

ユーグにそう言われて、王様なのにちゃんと頼み事ができる人なんだな、とリアンは変なところに感心した。

国王のイメージが、彼の父である前国王ヨーゼフの印象で作られていたせいだろう。前国王ヨーゼフは、ろくでもない王様だったのだ。

「私としても、以前の国王陛下よりもユーグ陛下に長く在位していただきたいので、実のところ、協力するのは嫌ではありません」

マシな王様の下でなければ、リアンもゆったりと、おひとり様生活が送れない。

そのためにもがんばってくれるように、ユーグをよいしょしてみたのだ。

びっくりしたように目を見開いたユーグが、そっとリアンから視線をそらす。

「そ、そうか」

面と向かって肯定されて、ちょっと恥ずかしかったらしい。

「君も、冷静に受け入れてくれて良かった。秘密を知った時点で泣くようだったら、取引など持ち出さず、軟禁をするか、国外の遠い場所にでも移動してもらうしかないと思っていた」

「え、そんなふうに思っていたんですか」

この若い国王がかなり策士だということは感じていたが、こちらの反応次第で対応を変えるつもりだったとは。確かに泣きわめいて助命嘆願する心の弱い人に、寵姫役を振ってもできるとは思えない。

まさか脅したことそのものが、こちらの反応を見るためだったとは。

「ああ。冷静に話せる人間でなければ、寵姫役なんてとても任せられない。恐怖のせいで、何をするか予想ができないからな。相手に情報を流すだけならまだしも、寵姫役をしているうちに、僕の本当の寵姫になれば絶対に殺されないと考えて、おかしな行動をするかもしれない」

「……ああ、なるほど」

追い込まれた人は、どうにかして生き残ろうと無意識にあがく。そのため、自分を苦しめ殺そうとしている相手に恋愛感情を抱き、愛されることで殺意を回避しようとする。

何度かそれで、前世でも後味の悪い思いをさせられたものだ。

そこでふと、エルヴィラ王女のことを思い出す。

冷静というか、全く焦る様子も嫉妬心も見えなかった理由を。

「そういえばエルヴィラ王女のことを、うちのメイドが少し調べてくれました」

情報が欲しかったのだろうユーグは、興味を引かれた表情になる。

「そう言うからには、重要な情報か？」

「判断は陛下にお任せいたします。ただ、すごい情報ではないのですが……。エルヴィラ王女がランバート王国から出ていく様子がないのは、これも理由なのではないかと思うのです」

前置きして、リアンは説明する。

「エルヴィラ王女は、簡易本の愛読家のようです。帝国からついてきた侍女達はそれをやめさせて、陛下を誘惑するようにと進めているようですが、エルヴィラ王女は身分や後ろ盾の強さからしても、放っておいても王妃になるのだから問題ないという立場であること。そして陛下にはさして興味がないことも確かなようです」

報告を聞いたユーグは困惑した表情になる。

「それはまた……」

「おそらく、エルヴィラ王女は政略結婚に逆らえないし、侍女という監視がついているので逃げられないのです。だから、故国からの指示に多少反抗しているのだと思います」

「それなら、エルヴィラ王女は帝国そのものは嫌いだということか」

「はい」

「……エルヴィラ王女の今までの行動に、説明がつくな」

ユーグも納得してくれたようだ。

「しかし」とユーグが付け加える。

「さっきもアドルフォから『全く演技がなってない。棒読みが直ってない』と何度も『ないない』言われてきたんだが、なのにエルヴィラ王女が今度は疑っていないのはなぜなんだ?」

ユーグがぼそっと、「アドルフォの目の方を疑うべきなのか?」という自分に優しい推測をしようとしていた。

リアンも、そうだったらどんなに良いかと思うが、正確な情報は知っておくべきだろう。

「それが、実はエルヴィラ王女のことを探ってくれたメイドがですね、教えてくれたんですが」

「演技の良し悪しをか？」

「いえ。王女が読んでいた本……私達が台本にした『メイドに恋した王子様』だったんです」

ユーグがぽかーんと口を開けた。

「え、まさか」

「とても目が良い人なので、間違いありません」

アニーが見えたのは『メイドに恋』そしてエルヴィラ王女の指が邪魔して見えないところを挟み『王子様』と書かれていたらしい。

それに、ユーグの母であるデリア前王妃が簡易本を集めていたので、読みはしなくてもリアンもある程度タイトルは見たことがある。そっくり同じタイトルのものはなかったはずなので、確実に同じ本だろう。

「たぶん喜んでいたのは……読んでいた本と似た状況が実演されたからではないでしょうか」

「………では、本の内容をなぞっているとバレている？」

「かもしれませんが、悪いことではないように思います。特に私達の演技の粗を指摘することもなかったので……」

むしろ物語の通りにしておけば、エルヴィラ王女は喜んでリアン達の演技に乗ってくれる可能性まである。

(ご本人は、陛下や私に悪意はないってことなんでしょうね)

嫌いな人間だったら、自分のお気に入りの物語を演じられたら、嫌悪感を抱くだろう。それがないのだから。

「手の内が知られているのか。妙なことになったな。本に頼らなければ良かったんだろうな」

「そうはいっても、私は無理です」

リアンはばっさりと裁定した。

ベルタから色々教えてはもらったけど、自分のこととして想像するのはちょっと難しい。自力で恋愛を演じろと言われてもできない。

「僕も無理だ」

「でも陛下は近場にお手本がいたのに……」

そう、ユーグの側には初々しい恋人がいたのだ。素晴らしい手本のはずなのに、なぜユーグは生かさないのだろう。

「アドルフォみたいなことをするのは、ちょっとな」

思い出しつつ、ユーグは嫌そうな表情はしていない。ただただ恥ずかしそうだ。

「え、アドルフォ様って堂々と愛をささやくタイプなんですか？　いつもはパルティア様をからかっているのに」

「一応、僕から隠れていたつもりだったんだろうけどな。でも一緒に通りがかった騎士が微笑んで見て見ぬふりをしていたから、恋人同士としては当然だったのかもしれないが」

「恋人なら、当然……」

何をしていたんだろう。興味が湧《わ》く。

「抱きしめ合って別れを惜しんだり、ですか？」

「それだけならいいんだが……いや、説明できる気がしない」

なんとなくユーグの顔が赤くなった気がした。

近くの燭台の明かりが消えかかっているせいかもしれないが。

(無理に言わせるのは可哀想《かわいそう》だけど、知りたいのよね)

リアンも、アドルフォには大根呼ばわりされているのだ。

そんなアドルフォが、どんな恋模様を人様の前で演じているのか興味がある。また、もしそれを取り入れたのなら、少しは棒読みでも演技が向上するのでは？　という期待があった。

エルヴィラ王女が物語通りの演技に喜んで棒読みを不問にしてるとしても、他の後宮妃が稚《ち》拙《せつ》さのせいで難癖をつけやすい状態なのは変わらないのだ。

「口で説明が難しいのなら、実演してみてくださいませんか？　そうしたらわかりやすいですし、演技の参考にもできます！」

知っているユーグに実演してもらおう。良いことを思いついたと、素直にそう伝えたのだけど、ユーグがぎょっとした表情になる。

「それは！　なんでそんなことを知りたがるんだ！」

「もうアドルフォ様に大根だ下手《へた》だと言われないようにしたいのです。上手だとは思っていませんけれど、傷つきます」

「それは、僕だって……」

「嫌がるほど恥ずかしいことなんですか？　でもアドルフォ様が、人が通りかかりそうな場所でするのですから、普通は恥ずかしくもない行動なのでは？」

ユーグが恥ずかしがっているだけかもしれない。リアンはそう疑う。

そもそもユーグは、演技をすると決めた時だって恥ずかしそうにしていたのだ。

しかしユーグはどうしても教えたくないらしい。

「君は、かなり酔っているんじゃないのか？」

「いいえ、きっと陛下の方が酔っていらっしゃいますよ。確かめて差し上げます」

さっきから顔が赤いように見えているのだ。きっと自分より酔っているはず。

そう思ったリアンは、ユーグの隣に座って彼の腕を掴《つか》もうとした。

「おいリアン嬢、やっぱり君は酔っているんじゃないのか？」

「酔っていません。脈を確かめるのです。通常よりも速ければ、酔っている証拠ですよ」

「いいや君の方が酔ってる。ほら」

あっさりユーグに手首を掴まれ、脈を測られる。

「くっ……測られた！」

「何て言い方だ。謀ったような物言いをしないでもらいたい。……ほら、脈が速い」

ユーグにそう言われて、リアンは無性にムキになってしまう。

「気のせいですよ。もしくは、指先の感覚がおかしいんじゃないですか？」

「それならこうすればいい」

ユーグがリアンの首筋に触れる。

正当な測り方の一つなのに、仮面をしていない素のままのユーグの顔が近づいて、なんだかドキッとした。

自分が大胆なことをしてしまったような気が、うっすらとする。

でも次のユーグの言葉で吹き飛んだ。

「ほら見ろ、やっぱり酔っている」

「きっと殿下の方が酔ってますよ」

リアンの方もユーグの首に触れた。彼が近づいていたので、手が届きやすくなっていたのだ。

だけどどうしてだろう。脈がよくわからない。

触り方が悪いのかと思い、ユーグの脈を探す。

「おかしい、陛下の脈はどこ……」

「ちょっ、リアン嬢、あまり触らないでくれ」

拒否しているのは、急所だからだろうか。でも自分はユーグの命を狙っているわけではないので、心配しないでほしい。

「だって絶対陛下の方が酔ってるはずだから」

「……本当に酔っぱらっているんだな」

そう言うと、ユーグは仕方なさそうな表情で苦笑した。

「君に免じて、アドルフォの行動を教えよう。ちょうどいい距離だ」

「距離……？」

首をかしげていると、ユーグがリアンを抱きしめた。

びっくりしている間に、首に手を伸ばしていたリアンも彼の首に腕を回すような形になってしまう。

「ええと、とにかく抱き着くんですか？　それでは結婚式の時と変わらないような……」

と言っていたら、頬に口づけされる。

感覚が鈍くなっているのか、結婚式のキスよりは衝撃が少ない。でも何をされたのかは理解できた。

（ああ、なるほどいちゃついている状態だったんだわ）

リアンが少し納得していると、背中をあやすように叩かれる。

「これ以上はダメだ。そして君はもう眠った方がいい」

そう言われてみると、急に眠くなった気がした。いや、元から少し眠かったのかもしれない。

(きっとお酒のせい)

ワインが甘かったから。

そして襲撃やお茶会で疲労していたのかもしれない。

「後宮妃って、大変……」

思わず本音が漏れると、ユーグが笑う。

「君は良くやってくれている。だから休むといい」

その言葉と、続く浮遊感に、ふわっとリアンの意識も雲のようにあいまいなものになって、ゆらゆらと揺れる感覚と共に薄れてしまったのだった。

内幕　二

「眠った……か？」

抱えて数歩歩くうちに、リアンがすぅっとユーグに全体重を預けてきた。

増した重さに、熟睡してしまったことに気づいたユーグは、そっとリアンを隣の寝室へ連れていき、ベッドの上に横たえさせた。

燭台《しょくだい》の明かりが一つだけの寝室の中、オレンジ色の光に照らされたリアンは目を閉じて動かない。

急に、ユーグは不思議な気持ちに包まれる。

(どうして自分は、彼女にアドルフォの真似事《まねごと》をしてみようと思ったんだ)

「演技の練習、そうだ。アドルフォがあまりに馬鹿《ばか》にするから……」

妙にリアンが絡んでくるから、自分までつられてしまった。

リアンは本当に酔っていたんだと思うし、自分も想像以上に酔っていたに違いない。

けれど、ふと魔が差したのは――。

ユーグは、リアンが自分の首筋に触れた瞬間を思い出す。

誰《だれ》かに殺されかけた時とは違う、感覚。

亡き母親に触れられた時とも違った。他人にそれを許してしまっている自分への不思議さと、妙な甘いくすぐったさ。

リアンの方も、同じことを感じたのだろうか。

もう少し触れてみたい、という誘惑を感じたのも同じなのか、知りたいと思ってしまう。

なんとなくリアンの髪に触れる。

メイド達が手入れしたつややかな髪は、さらりとユーグの指を滑り落ちる。

髪先が頬《ほお》と肩にかかって、ユーグはそれを払ってやろうとして手を止めた。

頬に口づけたことを思い出した。それだけでも、十分に女性に普通はしないことをしたという感じがしたのに。

「恋人というのは、それ以上のこともするんだったな」

そう思うと、彼女の首に口づけたらどうなるのだろう、という興味が湧《わ》いてしまう。

「いや……」

思いついたものの、そのままではなんだかダメな状態になりそうで、リアンから離れようとした。

寝室にリアンを置き去りにして、居間へ戻ろうとしたその時、自分の上着の裾《すそ》が引っ張られて、リアンが握っていたことに気づく。

顔を見れば、穏やかだったリアンの表情が曇り、うなり始めた。

そのまま怯《おび》える子犬みたいにぐっと身を縮こまらせて、上掛けに隠れる。それからもずっと、何かをつぶやきながらうなされていた。

（これは……やはり不安だからなのか？）

実は前回、リアンが眠った後もこうしてうなされていたのだ。

ユーグには効果がない毒でも口にしたのかと確認しに行ったので、これに気づいた。

（眠った後で怯えているというのは、起きている時は、自分の心に気づいていないということなんだろうな）

こんなふうに怯えられると、心のあちこちが擦り切れてなくなってしまっているユーグでも、気の毒になる。そして保護してやらなくてはならない、と思ってしまうのだ。

か弱さで言えば、エルヴィラ王女の方が身体的にはか弱いのかもしれない。が、彼女には権力がある。そしてリアンはユーグのために働いてくれた結果、こんなふうになってしまっているのだ。

そう、原因はユーグが作ったのだ。

（僕がリアンを脅して、働かせているせいで……）

そうでなければ、信頼できなかったから。母親からの寵姫《ちょうき》役を持つ、という提案を先日まで退けていたのも、上辺だけでは信頼できるか自信がなかったせいだ。

忠誠を誓っていても、金銭に問題が起きたせいで裏切る人間もいる。

だから裏切らないだけの材料が欲しかった。そうしたら、思いがけずにリアンが秘密を知って、彼女がこちらに従わざるをえない材料が手に入ってしまったのだ。

背に腹は代えられない、とそれを利用した。

なにせ時間がなくなっていたのだ。

帝国から、エルヴィラ王女を正式に王妃にさえしてくれれば、領土の割譲までしようという話も匂《にお》わされている。

一方で、帝国派のランバート王国の貴族が国内で離反の動きを見せているのだ。

そのため、かつて紛争地で一緒に戦った騎士達をそちらに派遣したため、王宮内にユーグの味方が少ない状態になっていた。そのことも、じわじわとユーグの焦燥感を煽《あお》っていた。

ユーグは今すぐに助けが欲しくて、リアンという存在に飛びついたのだ。

しかし……命を狙《ねら》われるのはしんどい。ユーグもそれは知っている。

だから眠りの中でも不安そうなリアンの姿に、ユーグはひどいことをした、と後悔していた。

そこでふと、寵姫作戦を行うにあたって、アドルフォに『毎日のように会いに行くべきでしょう。夜泊まる以外にも』と言われたことを思い出す。

『戦う術《すべ》を持たない女性を巻き込んだのです。せめて必要とされていること、気にかけていることを毎日の寵姫の演技以外でも伝えて、ただの道具だと思ってはいないと態度で示すのです。さもなければ、普通の女性は心が持ちません』

毎日のように顔を出すことで、間違いなく守っているのだと相手は認識する。それによって安心できるようになるはずだと。

（こういう時のためだったんだな）

そんなリアンは、毒入りの茶に気づき、ユーグを救ってくれた。

脅しているユーグを守ろうとしてくれたのだ。

（恨んでいないのだろうか……リアンは）

命がけになる物事に巻き込んだのだから、表面上は大人《おとな》しくしていても、積極的に守ってくれるとは思わなかった。むしろユーグ達こそが、彼女を守らなければならないのに、と不思議に思う。

恨まれるのには慣れていたし、そうなっても仕方ないと覚悟していたのだ。

なのに、リアンが助けてくれた。そのことにユーグは安心している。

彼女には恨まれたくないと、心の奥ではそう思っているせいだろうか。

だから、こんなにも彼女の気持ちが気になってしまうのかもしれない。

（恩を……返さなければ）

そのままリアンを見守り続ける。

やがて彼女の手が離れたところで、寝室を出て夜明けを待った。

しらじらと空が明るくなる頃《ころ》にユーグは仮面をつけ、寝ずの番をしていたメイドにリアンのことを任せて部屋を出る。

白の回廊を通り抜け、そのまま王宮の裏門へ。

そこにはアドルフォと、数人の騎士達がいた。

「お待ちしておりましたよ、陛下」

いつも通りの態度のアドルフォに、ユーグは短く尋ねる。

「女の行き先は？」

「掴《つか》んでいます。今は王都東の河岸に近い場所にいますよ」

「では行こう」

ユーグ達は騎乗し、王都の東へ向かう。

そしてまだ朝もやが立ち込める中、川の近くにいたアドルフォが配していた兵士達に馬を預けて、少し川をさかのぼった。

「しかし陛下が、お茶に薬を混ぜた女を、もう一度逃がすとは思いませんでした」

アドルフォが笑いながら小声で言う。

そう、ユーグはアドルフォと打ち合わせ、リアンと自分のお茶に薬を入れた女を捕まえて多少の尋問をした後、わざと脱走させたのだ。

川の少し上流には、倉庫街がある。川を利用して荷物を上げ下ろしする場所だ。

煉瓦《れんが》の倉庫が立ち並んだ隣には、商品を扱う店が立ち並ぶ。

しかし朝靄《あさもや》に沈むように、今は静かだった。

倉庫街の側《そば》に待機していた兵士数十人と騎士数人が、ユーグを出迎える。

「先ほど、少し先にある倉庫に入りました」

「で、結局どんな感じ？」

アドルフォの質問に、何を聞きたいのか承知している騎士が答えを出す。

「暗殺者のアジトで間違いありません。雇った諜報《ちょうほう》組織に中にいる人間を見せて、間違いないと確認を取りました」

やはり、リアンの部屋を襲撃したのは暗殺組織の人間だったようだ。

「突入せよ」

即答に近いユーグの指示に、騎士が一礼した。

騎士が率いる兵士達は、すみやかに三つ先の倉庫へと向かっていく。

最初は密《ひそ》やかに。そして最後は駆け出し、倉庫の扉を叩《たた》く者。その間に脱走犯が利用した小さな勝手口から侵入する者に分かれた。

ユーグは勝手口から、兵士達をゆっくりと追いかける。

倉庫の中から、悲鳴と怒号が上がり始めた。

「お前、やっぱり裏切ったんだな！　くそっ！」

「いぎゃあああっ！」

中に入ると、壁際に木箱が積み上げられた倉庫の中で、逃げ惑う男達の姿が見えた。

着古した服と腕や胸の筋肉のつき方から、普段は荷物を運ぶ仕事をしていると推測できる。

倉庫の正面から突入した兵士達との戦いぶりと素早さからすると、その裏で暗殺も兼業していたんだろう。

そして中央に、血だまりに倒れ、すでに絶命している黒髪の女の姿と、彼女を踏みつけながら剣を振り回す壮年の男がいた。

金と白が混じった髪の壮年の男は、ふっくらした腕と腹をしていて剣に振り回されているような有様だったが、比較的細身の男を三人側においていた。

三人は身のこなしから、専業の暗殺者だったのかもしれない。兵士達を剣先で翻弄《ほんろう》しつつも、不意をついての攻撃に怪我《けが》をする者も出て、兵士達は攻めあぐねていた。

「時間の問題ですけどねぇ」

アドルフォの独り言の通り、いずれ力尽きて暗殺者達は倒れる。

だが早々に切り上げたかった。

「待つのは時間の無駄だ」

ユーグが剣を持ってふらりと進み出る。

兵士達が、目の前の用心棒よりもユーグを恐れて引いた。

こちらを見る暗殺者達。

藪《やぶ》にらみの彼らの目に警戒の色が滲《にじ》み、ユーグに剣を向けようとした。

「遅い」

ユーグの一閃《いっせん》で、その剣が斬《き》り飛ばされる。

一人が半分の長さになった自分の剣に驚く間に、隣の暗殺者の腕を斬り飛ばした。

悲鳴が上がる。

半分だけの剣を投げ飛ばして逃げようとする暗殺者を、ユーグは無言で斬り殺した。

「痛いだろう。留《とど》めは刺してやる」

どうせ医者も間に合わない。腕を斬り飛ばされた暗殺者は心臓を一突きにした。

残る暗殺者は、弾《はじ》かれるように逃げ出した。

それを兵士達が捕まえ、剣をぶらさげて呆然《ぼうぜん》とする壮年の男も、捕獲された。

「これで終わりか？」

「……そうみたいですねぇ。相変わらず暗殺なんかを生業《なりわい》にして、四六時中人の寝首をかいているお人間よりお強いことで」

「幼少期から実地で鍛えていればそうもなる」

アドルフォの軽口に、ユーグはあっさり答えた。

「それよりお前は、さっさと書類でも探しておけ」

「はいはいっと」

アドルフォは数人の兵士を連れ、倉庫の隣にある部屋などを捜索しに行った。

そうして捕まえた暗殺者達を処理し、尋問すべき元締めらしき壮年の男を王宮の監獄へ送り出した頃、とても嬉《うれ》しそうにアドルフォが戻ってきた。

「陛下！　すっごい、いいの見つけましたよ！」

「何だ。内容を先に言え」

「第五妃の家の名前が、ばっちり書いてある手紙がありましてね！　きっと支払いを反故《ほご》にされないように証拠としてとっておいたんでしょうけど、良い感じですねぇ！」

それを聞き、ユーグは思う。

ならばリアンが同じ人間が手配する暗殺者に煩わされることはなくなるだろうし、彼女が気にしていたメイドも、助かるだろう。

今度は穏やかに眠るリアンの姿を見られるのかもしれない、と。

五章　花火は最高の恋の演出です

「え、第五妃が後宮から出るんですか？」

その話をベルタが教えてくれたのは、ユーグと酒盛りをした翌々日だった。

いつものように夕食を部屋でとり、ソファにもたれてお茶を飲んでいたリアンは、目を丸くする。

ベルタがうなずいた。

「第五妃のアランナ伯爵が、反逆罪で捕えられたそうですよ。黒薔薇《くろばら》妃様と陛下に薬入りのお茶を出そうとしたり、襲撃した暗殺者も、直接的にはアランナ伯爵が雇ったそうです。あと、一昨日《おととい》陛下の前に飛び出してきた寝間着姿のメイドも、脅していたのはアランナ伯爵だったようで」

「第五妃本人も関わっていたんですか？」

「そのようですね」

お菓子に釣られて第四妃に同調しているだけかと思ったら、帝国の手先として積極的に動いている側だったようだ。実は第四妃が過剰反応するのも、第五妃に煽《あお》られた結果なのかもしれない。

「メイドの方は、実の親がお金欲しさからアランナ伯爵の下につき、娘に第五妃の命令通りにしろと言ったようです」

「……売られたようなものね」

状況を知って、リアンはむかむかとしたものを感じた。

前世の記憶のせいで、どうしても親にひどいことをされた話には、怒りを感じてしまう。

「早めに第五妃を潰《つぶ》せて良かったわ……」

だからつい、不穏なことをつぶやいてしまったのだけど。そこでベルタが教えてくれた。

「陛下が、一昨日のうちに黒薔薇妃様を襲撃した者達を、調べたようです。捕まえた女がわざと脱走するように仕向けて……。そして襲撃を依頼したのもアランナ伯爵家だったことで、早々に第五妃が追い出されることになったのです」

リアンはちょっとびっくりした。

「そんなに早く……」

すぐに解決したのは、そんな事情があったようだ。

「第五妃は、そろそろ部屋から連れ出されたと思いますよ。そのまま貴族用の監獄塔へ移動になるかと」

「あそこですか」

リアンも王宮に勤めていたので、監獄塔はよく知っている。

王家に反逆した貴族や、王宮に勤めていた犯罪者などを収監する場所だ。

平民の罪人は地下へ。貴族は塔の上にある部屋に入れ、容易に脱走できないように監視される。貴族の入る部屋は地下よりマシらしいが、硬い木のベッドに剥《む》き出しの石壁と床、食事も粗食で、暖炉が小さいために冬は寒いそうだ。浪費していた貴族ほど耐えがたいらしいと聞いている。

最近はユーグの呪《のろ》いによる恐怖から、王宮で表立って問題を起こす人間はほとんどなく、貴族達も睨《にら》まれないようにしていたので入る者はいなかったが。

そこが利用される日がやってくるとは。

「他《ほか》の後宮妃は、この話を聞いてどんな感じなんですか？」

第五妃以外にも、ほぼ帝国の手先のような後宮妃はいるのだ。

他の後宮妃達は、次は自分の家では……？　と怯《おび》えているかもしれない。

「それなりに、第五妃のことはいい見せしめになったようですね。一部、怯えすぎて不安定になっている方もいますが、大人《おとな》しくしているようですよ。あとは心細いのか、エルヴィラ王女と集まりたがっているようですね」

怯え切った第四妃他の後宮妃は、エルヴィラ王女の側《そば》で集まって恐怖をやりすごしたがっているのだとか。

「なにせ今日《きょう》は、エルヴィラ王女のために花火を上げることになっていたそうで」

「花火？」

ベルタによると、先週から予定していたらしい。

「目立つことをして、陛下の気を引こうとしていたらしいんですよ。花火を上げたのは誰《だれ》なのかと、陛下が見にくるかもしれない。そこで陛下を誘惑しようとしたのでしょう」

無駄な努力になってしまうのに……とリアンは思う。

絶対にユーグが振り向くことはないと知っているからこそ、少しだけ気の毒になる。

「今日はこれから、ほとんどの帝国派の後宮妃がエルヴィラ王女と一緒に、花火を観覧する予定になっていますよ。そろそろではないでしょうか」

ベルタが言ったとたん、火が爆《は》ぜるような音がした。

続くパチパチと拍手のように、華やかな音。

「あ」

見上げたリアンの視線の先、窓の外の暗闇《くらやみ》に、ぱっと美しい赤や青の火花が広がり、花のような模様を描いてパチパチと音をともなってゆっくり消えていく。

花火は貴族達や裕福な商人が、年に一度か二度上げさせて楽しむものだ。

王宮にいると、年に数度は見られるので、リアンも密《ひそ》かに楽しみにしている。

「綺麗《きれい》ですね」

だから純粋な気持ちで観覧していたのだけど、部屋に勢いよく飛び込んできたアドルフォの言葉で、風流さも純粋な気持ちも吹き飛ばされることになる。

「やるなら今ですよ！」

大安売りをしている店主みたいなことを言い出すアドルフォに、リアンはびっくりする。

「一体なんですか？」

「絶好のチャンスです！　ほら！」

アドルフォが手で広げたのは、パルティアの侍女が書き写した演技シーンの一つだ。

先日届けられていた、シーンを抜き出してくれていたものと同じだ。夜のシーンだったように記憶している。

(確かに、花火のシーンがあったわ)

だからか、とリアンはアドルフォの行動に納得する。

「……突然済まないな。アドルフォが早く解決するためにも、この機会を逃すなと走り出してしまって。花火なら普通に、僕の命令で上げさせても良かったんだが」

一緒にやってきたユーグは、やや疲れた表情で説明をしてくれる。

一方のリアンは、ユーグの顔を見て心が騒ぐ。

(なんでかしら。この間、恋人らしい行動を試してみたせい？)

首を触れられたのも、頬《ほお》に口づけられたことも覚えている。

でも、結婚式でキスもしたのに……。

(なぜ今さら、頬にキスされただけで心がざわつくのかしら)

リアンが自分の気持ちを持て余している間にも、アドルフォは説明する。

「夜のシーンは、確実に後宮妃達に目撃させるのが難しいので、なにか対策を考えなければならないと思っていたのですよ。しかし今なら、間違いなくエルヴィラ王女までが外を見ています！　楽して最高の舞台ができているんですよ！　お願いできますね⁉」

あまりの意気込み具合に、リアンは笑いそうになりながらうなずいた。

この演技でエルヴィラ王女が諦《あきら》めてくれるのなら、と思うのだ。時間をかけていると、また床に青い顔で這《は》いつくばったメイドのように、辛《つら》い思いをする人を何人も出すことになる。それは嫌だった。

リアンの了承を得たアドルフォは、ユーグを振り向く。

「では、夜の陛下は全く違うんだと見せつけてきてください！」

「……その表現、なんだかいかがわしくないか？」

ユーグが嫌そうに言うが、拳《こぶし》を振り回してアドルフォが力説する。

「それぐらいの気持ちが必要なんですよ！　差が激しいほど、みんな誤解してくれるものなんです！　さあさあ！」

アドルフォがユーグの背中を押し、扉に向かわせる。

ユーグはため息をついて、懐から仮面を取り出してつけた。外へ出る時には、仮面をしないと落ち着かないのだろうか。

(仮面をしていない時に後宮妃に襲われそうになった、苦い記憶のせいかもしれないわね)

仮面をしておけば安心。しかも多少残酷な方法を使っても呪いのせいにできるので、ユーグも便利だと思っているんだろう。

準備ができたユーグは、リアンに声をかけた。

「すまないが、頼む」

「承知いたしました」

戸口で振り返り、手を差し伸べてきたので、リアンはその上に自分の手を重ねた。

このシーンは、主人公達が手を繋《つな》いで夜の庭へ出るのだ。

つかの間、婚約者達が大人しくなった頃。主人公に恋する王子が、ようやく問題解決の糸口を掴《つか》んだので、主人公に報告に行く。

もうすぐ、自分達二人で幸せになれるだろうと。

そんな話を、帝国の王女にお帰りいただくために、物語になぞらえて仲良くしている場面を、後宮妃達やエルヴィラ王女に見せるために演じるのだ。

エルヴィラ王女達が庭に出ている場所へ向かって歩く。アドルフォがやや離れて先導してくれているので、場所は間違いようがない。

その間に、もう一度花火が上がった。

ドンと胃の奥に響く音をたてて、光の花が夜空に咲く。

見上げて歩いていると、ふいにユーグが話しかけてきた。

「今日も、元気そうで良かった」

普通にそう言われて、リアンはびっくりする。

(こんなふうに、気遣う言葉をかけてくれるとは思わなかった)

なにせユーグにとって、自分は部品みたいなものだ。壊れていないか、まだ使えるか確認されるのはわかるけど、心の状態を心配されるとは。

(いえ、待って。精神的に不安定な場合は、囮《おとり》の役目を完遂できなくなるものね。だからそれを確認したかったのかもしれないわ)

うんうんと納得してリアンは応じた。

「おかげさまで。お茶会のことと毒のことで引きこもる理由もできたので、今日も部屋の中でゆったりできて良かったです」

素直に答えたつもりだったが、ユーグが少し表情を暗くする。

「不自由な思いをさせたようだな……」

(え、いえいえ。楽でしたけど?)

なぜか、ユーグはリアンに負い目を感じているようだ。

先日の毒事件から、なにかおかしい。ユーグに予想外の変化が起きている気がする。

ユーグもしかして、自分のようによくわからない感情が残っているのだろうか。

もう一度花火が上がった。

今度は女性達の歓声が聞こえる。少し離れた場所に、明かりをいくつも周囲に設置している場所が見えた。中心には女性達の姿が見える。

「……いい夜だ。寒くはないか？」

ふいに、ユーグが大きな声でセリフを口にし出す。

そろそろ演技を始める頃だと思ったのだろう。

「あなたが側にいるだけで、十分に暖かくなります」

「無理はしなくていい。君は我慢しすぎだ」

完全に棒読みだけれど、セリフはきちんと覚えてきたようだ。

そしてすべき行動も頭に入っているらしく、物語通りにリアンの肩を羽織っていた自分のマントを広げて覆う。

(たしかに暖かい。ていうか、このドレスが少し薄手だったからかしら)

白っぽい部屋着のドレスのまま外へ出てきたのだ。上に何か羽織る暇もなかった。ただこの方が、闇夜《やみよ》でも花火の明かりできちんとリアンを視認してもらえるだろうし、部屋でユーグと二人きりだったとアピールできるのだけど。

寄り添って歩いていると、次に花火が上がった時、エルヴィラ王女と一緒にいた後宮妃達がリアン達に気づいたようだ。

ざわついている。

（まぁ、確実に見える場所にわざわざ移動したのに、気づいてもらえなかったら悲しいものね）

ユーグもそれを横目で確認し、演技を続けた。

「十分に君を守ってやれないというのに。ただでさえ僕には、仮面の呪いがあるから……」

ここは、一部だけパルティアが文言を変更してくれていた。

本来ならここは、『まだ権力のない王子だから』という理由が入るのだけど、ユーグはすでに国王だ。

最後の嫌がらせで帝国の王女との結婚話を置いていった前国王は、ユーグが幽閉してしまっているので、ユーグ以上に権力を持っている人間はこのランバート王国にはいない。強大な国と戦争をしない方法を探しているからこそ、苦労しているだけ。

そんなユーグの持つ問題といえば、仮面の呪いだ。

リアンが苦労しているのはエルヴィラ王女のせいだ、と声高に言うより、仮面の話の方が穏便だと思ったのだろうけど……。

「いつもは何もかもが敵に見えるというのに、君と同じ日焼け止めをつけているというだけで、いつも君と一緒にいるような気がするから、昼間も少し落ち着ける」

（パルティア様は、もしかして陛下に恨みでもあるのかしら）

斜め上の理由で悩んでいることになったユーグに、リアンはどんな表情をしたらいいのかわからず、生温かい笑みを浮かべるしかない。

ざわついていた後宮妃達が、戸惑っている声がする。

「日焼け……止め？」

「え、どういうこと？　まさかあの寵姫《ちょうき》が、陛下に日焼け止めを？」

「聞き間違いじゃないわよね？」

（ええ聞き間違いじゃないのよ……みなさん）

一応、書き写した紙には『こんな言葉を入れておけば、エルヴィラ王女達もドン引きして、陛下と結ばれることを自主的に嫌がってくれるでしょう』とパルティアの注釈がついていた。

この注釈を見た時、ユーグは『こんなことで睡眠妨害に来なくなるなら！』と、ぐっと拳を握っていた。

決意に満ちた表情だったので、ユーグとしても自分が道化になるこの演技には、決心が必要だったようだけど。

（本当に大丈夫かしら？　国王としての威厳とかそういうのがボロボロになりそう）

お肌の日焼けを気にする国王を、エルヴィラ王女や後宮妃達が嫌うだけならいい。実は日焼け止めを塗る前は、ユーグが仮面を取ると目の周りと顔の下半分だけ黒くなっていたという、面白い焼け方をしていることに気づいて、微妙な気持ちになるだけなら。

ただ、ユーグの評判が落ちてしまったらどうしよう、とリアンは心配になるのだ。

「どうかしたか？」

こっそりとユーグがささやき声で尋ねてくる。

「やっぱりこの、日焼けでひどいことになった話とか、大丈夫でしょうか？　日焼けでおかしな顔になった国王だと広まるのは、評判が……」

「問題ない」

ユーグは微笑《ほほえ》む。

「最初はどうかと思ったが、これで『この国王を受け入れられるのは、あの寵姫しかいない』となれば、ますますエルヴィラ王女達が私と一緒にいるのを嫌がるはずだ。それで物語の実演を見て満足したら、帝国へ帰ろうと思うかもしれない。十分だ」

「……肉を切らせて骨を断つんですね」

とんでもない方法だ。でも後ろ指さされる立場のユーグ自身が良いというなら問題ないだろう。

リアンが納得したのを見て、ユーグが大きな声で言う。

「こっそり日焼け止めを塗っている僕でも、目の周りと顔の下半分だけ黒くなった、おかしな日焼けのある僕でも、どちらも受け入れてくれるのは、君だけだ」

リアンの手を掴み、持ち上げて甲に口づける。

セリフは少し違うけれど、予定通りの行動だったのに……。

(なんだか、本当にそう思っているように見えるのは、どうしてかしら)

ユーグの表情が、演技ではなく嬉《うれ》しそうに見える。するとユーグがリアンを抱き寄せる演技をしつつささやいた。

「そういえば君は、白黒熊《ぐま》のように日焼けする男でも気にしないんだな」

たぶん後宮妃達が、さっきのユーグのセリフを聞いて「ええええ」と言ってるからだろう。

ここしばらく、紛争が多い時代でもあるせいか、男性が日焼けを気にするのは男らしくない、という風潮がある。とはいっても、日焼けで面白い顔になると聞いて、引いているのではないだろうか。

遠目に見えるエルヴィラ王女も、多少「え……」とショックを受けた表情だった。

リアンはそうでもない。

「どんな姿のあなたでも、あなたに変わりはありません」

そうセリフを声を張り上げて言った後、小声で付け加える。

「日焼け止めの話は前にも聞いてましたし。鼻から下だけ黒くなった顔を見たら、さすがの私も笑いをこらえるのに大変なので。ぜひ日焼け止めは使っていただきたいと思っています」

真面目《まじめ》に進言したら、ユーグが破顔した。

「君は面白い人だな。日焼け止めを渡すパルティア嬢でさえ微妙な顔をするのに」

「パルティア様の場合は、経由するアドルフォ様の態度の問題のような気がします」

婚約者をからかうのが楽しいらしいアドルフォのせいで、パルティアは日焼け止めを渡すのも別に気にしていないだろうに、妙な反応になるのだろう。

「考えてみれば、この日焼け止めのことを話して、嫌がらない女性は君だけだった」

これもまた改変されたセリフだったが、今のリアンとの内緒話との流れからも、普通の答えのように聞こえる。

「あなた様だからこそです、陛下」

「リアン……」

ユーグの表情が、真剣なものに変わる。

いや、緊張しているのだ。

台本では、ユーグはここでリアンの額と頬に口づけることになっていた。

またまたパルティアの注釈がついていて、『せめてこれぐらいしないと、信じてくれませんわよ』と書かれていたので、必須なのは間違いない。だからユーグも実行する気なのだろうけど。

「……実は女性に何度も口づけるのは初めてなんだが」

そんなことを言われて、リアンまで恥ずかしくなる。

「私もですから、仕方ないことですよ。誰だって初回を乗り越えるものです。さあ早く！　観客が待っています」

「観客……」

ユーグは複雑そうな表情をした。細かな表情までは、夜なのではっきりわからないだろうけど、ちょっとよろしくない。

しかし覚悟はできたようで、ユーグはさっとリアンの頬に唇で触れた。

その時リアンが思い出したのは、現在の両親がしてくれた愛情を表す口づけだった。

ユーグが少し自分に友愛の情を感じたからかな……？　とリアンは思う。だから両親と似ていると感じたのかもしれない。

だからこそ、後宮妃の声にびくっとする。

「子供の遊びですわ！　あれぐらいなら演技でもできるでしょう」

振り返るのを我慢し、横目で確認する。

観覧用の椅子《いす》から立ち上がって手を広げて演説しているのは、先日もリアンに突っかかって来た第四妃だ。先日エルヴィラ王女が『親子みたいだ』と言ったから、それを使って『リアンは実は寵姫のふりをしているだけ』、と貶《おとし》めたいのだと思う。

でも、今その主張をされるのは困る。

ユーグが嘘《うそ》の寵姫を置いていることになれば、帝国側は抗議しやすいし、公然とリアンを追い出す理由もできてしまう。

なんとか第四妃を黙らせないと、と思っていたら……。

「少し我慢してもらいたい」

ユーグはそう言って、なぜか仮面を取り去った。

あらわになる美しい顔が、花火の光に浮かび上がる。

リアンが思わず目を奪われていると、ユーグはなぜかそんなリアンを抱え上げた。

リアンの方が少しユーグを見下ろす形になり、びっくりする。

抱き上げるだけかと思ったら、とんでもないことをしてきた。

「へ、陛下っ⁉」

抱えたせいですぐ目の前になったリアンの首に、ユーグが口づけたのだ。

頬にする親愛のキスとは違う、さわりと背中まで震えるような感覚に、リアンは思わず声を上げそうになって飲み込んだ。

後宮妃達の様子が気になって見れば、声もなく、再び上がった花火を見上げずにこちらを凝視しているようだ。

彼女達も、まさかユーグがこんなことをすると思わなかったんだと思うけど。

油断していたら、ユーグの唇が今度は顎《あご》の下に触れる。

「あっ、ど、どこでこんなこと覚えてきたんですか……！」

驚きと人にこんなところを見られている恥ずかしさで、思わずユーグを叱《しか》ってしまう。

「僕だって何も知らないわけじゃない。する機会がなかっただけだ」

後宮妃達は目が離せなくなっている。エルヴィラ王女までが立ち上がって、やや嬉しそうにこちらを見ていた。

その間にもユーグが、今度は耳の下に唇で触れる。

悲鳴を上げそうになったリアンは、こらえるために思わずユーグに抱き着いてしまった。

「もう……ダメです。陛下、あの、部屋に……」

続きはささやき声で付け加えた。

「逃げて誤魔化しましょう。もう恥ずかしいです」

この言葉に、ユーグはようやくうなずいてくれた。

ユーグがそのまま、リアンを抱えて部屋へ向かう。

驚きすぎた後で気力がどっと抜けてしまい、歩けるか不安だったので、そこは助かったのだけど。

（なんだか、心臓に悪い……）

まだドキドキしている。驚かされすぎたみたいだ。

部屋に戻ると「とても良くできましたよ！」とアドルフォが大喜びしていたが、リアンをソファに下ろしたところで、ユーグはその場に座り込んでしまった。

「え、陛下!?」

何か問題があったのだろうか。

それとも自分が重すぎて、疲れ果ててしまったのかと心配したが……。

「すまない」

顔を覆ったユーグに蚊の鳴くような声で言われて、リアンは首をかしげた。

「謝るようなことはしていないと思ったのですが……」

びっくりはしたけど、演技としては悪くはない。

パルティアが指示した以上のことをしなければ、きっと第四妃達は黙らなかっただろう。

理性ではそうわかっていたので、ユーグにとって何がダメだったのか思い当たらなかったのだけど、ユーグはしおしおとした様子で答えた。

「あんなことを人前でしてしまったのだ。もし責任をとれというのなら、そうするので言ってほしい」

——あんなこと。

思い出させられてしまうと、恥ずかしさが湧《わ》き上がってくる。

というか責任をとるって、普通は結婚とかそういう話なわけで。でも国王が責任をとるってことは。

（え、もう仮の結婚をしているんだから、責任をとるそれ以上の方法って、王妃になるぐらいじゃないの！）

「そこまでしていただくほどのことでは！」

そもそもリアンは、王妃の座なんて望んでいなかった。それをくれると言われても、喜べるわけもない。

「しかし、命を代償に協力させた上、普通なら人に見せないようなことまでしてしまったのに、君の名誉が……」

ユーグの説明に、リアンは戸惑う。

前世の秘密結社所属時には、もっと大胆なこともした自分だ。そもそも結婚するつもりがないのだから、名誉なんてあまり気にしなくていいのだけど。

（陛下にそれを説明するわけにはいかない。でも普通の女性なら……陛下の言う理由で、責任をとってほしいと思うのかもしれないわ。彼のように容姿が良くて、しかも国王という地位を持つ人が夫になってくれるというなら、心が揺れるんでしょうね）

自分の感覚が普通じゃないからなのか、あいまいな想像になってしまう。それでも恋愛本を読んだりしたおかげなのか、普通の女性の感覚をおぼろげながらに理解はできたけど……。

自分の気持ちがわからない。

嫌なわけではないのだ。

（他人のことだったら、あなたは陛下に好意を少しでも持っているんじゃない？　とか。王妃の立場になったら苦労するけれど、それでもいいの？　とか質問すると思う）

今の自分がどう思っているのか理解できない。

とっさに好きじゃないので、と言って逃げてしまいそうになる。

でも口に出さずに済んでいるのは、彼が心優しい人で、自分を気遣っての発言だとわかっているからなのかもしれない。

最初こそ面倒事に巻き込まれたと思ったけど、ユーグに味方をして、エルヴィラ王女に帝国へ帰ってもらった方が、田舎《いなか》の両親も自分も、安心してランバート王国で暮らせるのだ。

そして脅される形であっても、こうして協力することがなければ、状況が悪化するのを指をくわえて見ているしかなかったはずだ。

今の立場は、唯一信頼できる両親を守りたいのなら、悪くない。

だから最初ほど、リアンはユーグのことを恨んではいなかった。

それなら自分のこの気持ちは、ユーグが謝罪として、考えられる中で一番のものを差し出してきたのに、突っ返すなんて心ないことができないだけかもしれない、と思ってしまう。

一方で、追いかけてきてユーグの発言を聞いてしまったベルタとアドルフォが、目をまんまるにしていた。

「え、待って、これって」

「求婚？　謝罪求婚ん？　ええええぇー？」

「あの、どうしましょうこれ」

「ベルタ殿。相談、相談をしなくては。一緒にパルを交えて今後の相談を！」

こそこそと話し合ったあげく、二人が部屋から出ていく。

ユーグとリアンだけになった部屋の中で、ユーグは苦笑いの表情でリアンを見つめた。

「ああ、言い方を間違えてしまったようだ」

そして胸に手をあてて、膝《ひざ》をついて、女王を前にしたようにユーグは一礼してから言った。

「ここまで真剣に国のために尽くしてくれて、僕の失敗も全《すべ》て受け入れてくれる君は、おそらく一生に一度しか出会えないような、稀有《けう》な存在なんだと思うんだ」

「そんな、私はそれほどの人間では……」

いつも身の保身を考えている、器の小さな女でしかない。

身にあまりすぎるユーグの言葉に、リアンは逃げ出したくなる衝動にかられた。

それを察したかのように、手首を掴まれる。

「実際にここまで行動してみてわかったんだ。君以外じゃダメだ。恋愛に関しての不慣れさも含めて考え方が近いことも。……正直、君も恋愛が苦手で戸惑っているのを見て、仲間がいるように思えて安心していたんだ」

それはリアンも思っていたことだった。

ユーグもわからないことに取り組まなければならなくなって、仲間を得て安心したのか。

そう思うと、彼との間に温かな繋がりがあるような気がしてきた。

「なにより君は、冷静に判断して動ける。僕のような経緯を持つ、力で周囲を押さえつけて即位した人間にとって、ただ綺麗なだけ、血統がいいだけの王妃では協力者として心もとなさすぎる」

ユーグの率直な言葉を耳にして、リアンはふっとこの求婚が現実味を増した気がした。

(私のこじらせた結果のこの性格が、必要なの？)

気持ちが大きく揺れる。

そして急に顔が熱くなっていく。心から自分が必要とされていると感じたせいだろうか。

リアンの変化を察したように、ユーグが恥ずかしそうにうつむきながらも続けた。

「君が欲しい。王妃になってくれないか？」

「あ……」

返事をしなくてはならない。だけど何も思い浮かばない。

なぜ自分の頭が真っ白になってしまったのかさえ、リアンはよくわからないままでいたら、

ユーグが困ったように言った。

「こんなものでは足りないか？」

しかしユーグは、もう一度リアンの顔を見上げた瞬間にハッとした表情になって、それ以上の質問をやめる。

「今の話について考えておいてほしい。他に何かしてほしいことがあれば、そちらでもかまわない。では、今日はこれで休んでくれ」

あんな話をしたから居づらいのか、ユーグはリアンの部屋から帰ってしまった。

「お気をつけて……」

どう言っていいのかわからず、リアンはそう言って見送る。

ユーグがいなくなった後で、なぜ彼が急に質問をやめたのか気になった。

「変な顔をしていたかしら？」

頬をひっぱりながら歩いていると、ふと気づくものがあった。

「……ん？」

ベランダに、封筒が一つ落ちていた。

ものすごく目立たない場所で、ベランダの端にある鉢植えの陰になっていたため、メイド達も気づかなかったのだろう。

むしろ夜になって、月明かりの中で白く浮かび上がってわかったぐらいだ。

「何かの犯罪予告か、密告？」

拾った封筒は、数日放置されたのか湿っている。

変な匂《にお》いがしないことを確認した後、リアンは中身を取り出してみた。

《感動しました！　物語が実演されるみたいで嬉しい！　また陛下との恋愛模様を見せてください！》

内容はそれだけだった。

ファンなのだろうか？

「陛下と、私の恋愛模様を見る……ファン？」

個人ではなく、二人の状況を見るのが楽しいらしいが。

とりあえず害があるようにも見えないので、これについてはまた後で考えることにしたリアンだった。


一方のユーグは、自分の執務室でアドルフォを前に悩んでいた。

「アドルフォ……。正式に妻にと申し出たら、悲しい表情をされてしまった場合、相手はどう思っているんだろうな？」

「いや、なんていうかそれは……」

アドルフォが言いよどむ。珍しいことだ。

「アドルフォにも判断がつかないのか。しばらく、様子を見るしかないか」

リアンに告げた通り、返事を待つのが一番なのだろう。彼女の意志次第なのだから。

（もし結婚が嫌だと言われたら、別な手を……）

ユーグは不意に、彼女の頬のやわらかさと、首元で香った淡い薔薇の香りを思い出す。

そうすると、なぜか『悲しい』という気持ちが自分の心に表れたことに、ユーグは戸惑った。

そんなユーグの近くで、アドルフォの方も思い悩む。

「普通の女性なら、謝罪で結婚を申し込まれたから、怒りを通りこして悲しく思うのかもしれないけど。でもリアン嬢は寵姫役をやってくれているだけで。いやまさか……」

アドルフォはアドルフォで、自分の婚約者に相談しに行こうと考えるのだった。

☆☆☆

あれからも、エルヴィラ王女側の行動には変化がない。

何度か演技をしたものの、諦めていないようだ。

ただここにきて、エルヴィラ王女側はパーティーを開きたいと言い出した。

侍女達がユーグに要求して、それが通ったので、出席する後宮妃達はドレスを新調し出した。

同時に、ある噂《うわさ》が流れた。

それは『結婚するはずだった国王から邪険にされる王女を、周囲がなぐさめるためにパーティーを開くことにした』というもの。

こちらを悪者にするため『王女様可哀想作戦』にしたのだなと、リアンは思う。

エルヴィラ王女の侍女達は、リアンへの敵視がさらに強まっていた。

すれ違う時には、何度も小声で悪口を言われたり、持っていたものを落としたふりをして、ドレスを汚されたりもした。

その反応から、王女の周辺からも、ユーグとの恋愛が演技だとは疑われていないとわかって、リアンはほっとしていた。

さて暗殺者の方は、あれから出てこなくなった。

ユーグが『寵姫が狙われた後なのだから、増員しても問題ないはずだ』と当初の二倍に護衛を増やしたせいだろうか。

配属された衛兵や騎士達は、怪しい人物は片っ端から足を止めさせ、そのまま連行して取り調べているようだ。

「だから、調べられては困るものを持っている暗殺者が近づけないだけかしら？　順調すぎて不安だわ」

おかげでぐっすり眠れているのか、ここ数日はとても体調がいい。

横で聞いていたユーグが、目をまたたく。

「君は、暗殺者が怖くはないのか？」

「……ええと、経験したら慣れてきました」

　ということにしておこう、とリアンは思う。

　一応それで、ユーグを誤魔化すことはできたようだ。

（いけないわ。暗殺されそうな状況のせいで、つい前世の気分になってしまう）

　秘密結社の人間ならこれでいいだろうけれど、田舎の男爵令嬢が、あっさりとこの状況を受け入れすぎているのも良くない。

　リアンは話をそらそうと、アドルフォに話題を振ってみた。

「そういえば、今日はどうしてアドルフォ様もご訪問されたのですか？」

　最初こそ、ユーグと必ず二人でリアンを訪問してきたアドルフォだったが、ここ数日は顔を見せなかった。

「ああ、急にエルヴィラ王女がパーティーを開きたいと言い出しまして。後宮妃以外の招待リストを見るに、帝国派の人間と懐柔できそうな貴族を集めて、味方を増やすためだとは思うのですが。その準備で忙しかっただけなのですよ」

　そんなアドルフォの目の下には、うっすらと隈《くま》があった。

　急なパーティーの要望で、忙しくなってしまったらしい。

「エルヴィラ王女側のことを、もう少し調べる好機だと思ったのですが、使った諜報《ちょうほう》組織の調査もあまり進まなくて、骨折り損のくたびれ儲《もう》けですねぇ」

黒薔薇団の諜報とは違い、アドルフォが依頼した諜報組織は行動が鈍いようだ。

「それでも、何かは掴めたのですか?」

この事態を解決に導くために、必要なのは情報だ。

ささいなことからも、感じ取れることはある。だから全て知っておきたかった。

「私もこの情報に悩んでまして……。王女の周囲は、香草の種を帝国から取り寄せ続けているらしいですねぇ。帝国内の特定地域に咲く花だそうで。エルヴィラ王女が香りを気に入っていて、取り寄せたのだと言っているらしいですよ」

アドルフォがため息をつく。

「しかし帝国の花ですから、調べさせるにしても、往復だけで時間がかかってしまうんですよねぇ。だからそれ以上は、現物をこっそり入手するぐらいしか、何を帝国から運んだのか知る方法がなさそうで、困っています」

「毒かしら……。わざと口にして倒れたら、それを理由に一網打尽にできて問題解決でお得では?」

提案したリアンだったが、ユーグに難色を示される。

「命を危険にさらすな。君がいなくなったら……」

「いなくなったら?」

「誰がこの計画を手伝ってくれるというんだ」

ユーグは至極真面目な表情をしていた。だからリアンも真面目に答える。

「ラモナ様達に頼んでみては？」

頼もしい五十代の女官二人のことを挙げると、ユーグは苦笑いする。

「親子ほどの年齢があると誰も納得しないだろうし、世継ぎの問題があるからという理由で、僕を支持する貴族からも良い顔はされない」

そしてユーグは言う。

「だいたい、今安心して恋愛の真似事《まねごと》ができそうだと思えるのも、君しかいないんだ」

ぱっと聞いたら微妙な言葉なのに、なぜかリアンにはその言葉が甘く聞こえてしまう。

安心できるのも、恋愛するのもリアンだけにしかできないと言われているようで……。

(なんだか私、変かもしれない)

あの求婚のせいだろうか。

あれからしばらく経《た》ったが、うやむやになっている。

ユーグは答えを求めてこないので、リアンも横に置いた状態だ。

「秘密にしていることがありますものね」

自分で自分がよくわからず、リアンはあいまいな返事をして誤魔化すようにしていた。

「……それでは、また夜に」

愛の言葉みたいな会話をかわされたユーグは、するっと別れの言葉を告げて立ち上がった。

やはり告白めいた言葉を自分が言っている自覚がないようだ。

リアンは立ち去るユーグとアドルフォを見送った。

そして茶器を片付ける必要があるので、メイドに中に入ってもらう。

控室にいたのはアニーだったようで、彼女はしずしずとテーブルの上のものを片付けていく。

それを見つめながらリアンは物思いにふけった。

このままでは、エルヴィラ王女のことは解決できなさそうだ。

それでは、先日のメイドのように利用される人間が増えてしまう。

(娘を売ってでもお金を欲しがる親なんて、沢山いるもの)

嫌悪感を思い出してしまったせいか、リアンの中に焦る気持ちが芽生えた。

早く解決してしまいたい。

そのためには……。

決意して、リアンは片付けを終えて退室しようとしたアニーを呼び留めた。

「アニー、ちょっとお願いがあるのだけど」

「なんでしょう?」

「メイドの服を一着、貸してくれるかしら?」

アニーはわけがわからない、と言いたげな表情になる。

「使用用途は聞かないで」

そう伝えると、少し考えてアニーはお願い通りにメイド服を一着渡してくれた。

「私の予備ですが……」

「ありがとう。着替えたら、ちょっと一緒に付き合ってほしいところがあるのよ」

そう言って、リアンはさっさと着替えてしまう。手伝おうとしたアニーだったが、メイド服ならば着用に人の手は借りなくてもいい。

髪をいつもと印象が違って見えるように結い、化粧をあらかた落とした上で、顔色が悪くなるようにさっと色を入れておく。これで大丈夫だ。

「いつもとはだいぶん違って見えますね」

横で見ていたアニーは驚いたように、鏡に映るリアンを見ていた。

今のリアンは、ちょっとくたびれた二十代ぐらいの女性に見えるはずだ。

「後宮妃としてはいつもきちんと化粧をしているでしょう？　それさえ落としておいて、疲れた表情に見せれば年齢を高く見積もってくれるわ」

「なるほど」

ただしこれは、化粧を落とすと地味めになるリアンだから使える技だ。お化粧をしても変わらない人では使えない。

念のため、髪に白い粉をはたいて色を少しごまかし、アニーを連れて部屋を出た。

「まずはネズミ捕りの道具を持ってきましょう。ところで、猫を掴まえるのは得意？」

「え、猫ですか？　一応……そこそこは」

戸惑ったように答えるアニーに、リアンは指示をする。

「それじゃ私は厨房《ちゅうぼう》の倉庫からネズミ捕りの檻《おり》を借りてくるから、猫を捕まえてきて」

そのままリアンは厨房の近くへ行き、倉庫に入ってしまう。

たぶんこれで、アニーはリアンが見ていないうちに猫を捕まえてくるはずだ。

「アニーは猫を懐柔するのが得意だものね」

猫は好き勝手に動く生き物だ。思い通りに動かすのはまず無理だと思った方がいい。

だけどアニーは猫に特別好かれるらしく、たいていの猫なら鳴き真似をするだけで寄ってくるという特技を持っているのだ。しかも簡単な頼み事……廊下の奥へ行ってとか、しばらく側にいてとか、目の前を歩いてもらえる？　とかお願いを聞いてもらえる。

リアンが女官に言いつけられたふりをして、ネズミ捕りの檻をもらい外へ出ると、ちょうどアニーが戻ってきていた。

アニーはトラ柄の猫を抱えて、不思議そうな顔をしている。

自分が猫を操れることをリアンは前から知っているのではないか？　とアニーは疑っているのだろう。

そんなアニーに、リアンはこそっと今回の目的を話した。

「エルヴィラ王女の動向を、調べようと思うの」

「え、それは黒薔薇妃様が自らするようなことではないような？」

「少し、急いで解決したいから。あちらの動向をしっかり掴みたいの」

この一週間、アニーにはあちこちで聞き耳を立ててもらっている。

でもそれだけではダメだ。噂話程度では、情報が揃《そろ》うまで時間がかかる。

（エルヴィラ王女の侍女達の動きを知りたい）

だからリアンはアニーに手伝わせて、しっかりと動向の把握をするつもりだった。

「エルヴィラ王女の侍女の控室。その隣に小さな広間があるのよ」

リアンは見取り図をアドルフォに頼んで貰《もら》い、確認したことがあるので、間違いないはずだ。

「そこの天井裏からなら、話が聞けると思うわ」

そのための、ネズミ捕りの檻と猫だ。これがあれば、屋根裏や建物の床下をのぞいていても不審に思われない。

とはいえ、後宮はしっかりと警備が固められている場所だ。

不審に思われないように、アニーを連れたリアンは「ネズミが出ると聞いて、探しているんです」と言い訳をして目的地へと向かった。

警備に立っていた衛兵も、素直に通してくれる。

他のメイドとすれ違う時には、アニーがこのままではまずいと思ったのか、猫にこっそり頼み事をして、リアン達の向かう先へ先行させていた。それを追いかけるふりをして、疑われずに目的の場所へ到着した。

アニーが何かをささやくと、猫が目的の扉に近づき、カリッと前足でひっかく。

まるで、ここにネズミがいると教えるように。

(アニーは芸が細かいわね)

内心で笑いながら、リアンは扉を開けた。

たぶん、アニーがリアンのメイドだと気づいた人がいても、猫にこの演技をさせておくだけで、『アニーがわざわざ選んでそこに入ったわけではない』と印象づけられる。

中に入ると、そこは小さな広間だった。

主にエルヴィラ王女が後宮妃同士のお茶会で使ったり、演奏家を呼んで音楽を聴く場所になっている。

そのおかげで人が掃除などで入っても、侍女達は気にしない。『また何か持ち出しに来たのか、掃除をしているのね』と勘違いしてくれるだろう。

「さ、天井裏へ上がりましょう」

リアンが椅子やテーブルを動かして踏み台を作り始めると、困惑していたアニーも慌てて手伝ってくれる。

そうして移動させたテーブルの上に置いた椅子を足場に、アニーが左隅の天井の板に手をかけた。

あっさりと板が外れる。

それだけでも近くの部屋からの声が聞こえる。ぼそぼそとしたものだったが。

ちょうどよく、エルヴィラ王女の部屋に付属する控室に侍女がいるようだ。三人ほどの声がして、なにかを話し合っている感じの話し方だ。

「天井に穴を開けましょう」

「え、どうやって」

リアンの提案に、やるべきことを知っているアニーがすっとぼけた反応をしてみせた。

それでもいいのだ。

「これを使うから」

リアンは自室から持って来た細い簪《かんざし》を見せる。

そして天井裏にアニーと上り、隣室の天井の端に簪を差し込む。

木の板と板の間に薄っすらと隙間《すきま》ができる。ただそれだけで、下の声は急に聞こえやすくなった。

最初は自分の主であるエルヴィラ王女の文句が多かった。積極的に国王に働きかけないとか、本ばかり読んで気概がない王女だとか。

次にリアンへの悪口だ。

国王を寝取った女とか、顔もたいして良くないくせにとか言いたい放題だ。

その後、鬱憤《うっぷん》をためたあげくにとんでもないことを言い出した。

『どうせ使えない王女なのだもの、最後は役に立ってもらわないと』

『そうね。道具は集まったし、パーティーの時がお世話をする最後になるんだから、もうすぐ手がかからなくなるわね』

そう言って笑う侍女達。

(最後。道具は集まった。そしてもうお世話をしなくなる)

――エルヴィラ王女の暗殺計画だ。

そう察して、リアンは眉間《みけん》にしわが寄るのを感じた。

もっと詳しい情報を得なければならない。

じっと待っていると、再びおしゃべりが始まる。

リアン達が演技をがんばったことで、エルヴィラ王女の侍女達は、ユーグが本当にリアンのことを寵姫にしていると感じているようだった。

エルヴィラ王女の侍女達は、何をしてもエルヴィラ王女がユーグの王妃になることはできないと思い……王女には内緒で方針変更をしたようだ。

――結婚による融和を諦め、エルヴィラ王女の暗殺を自作自演し、ランバート王国に代償を払わせる方針へ。

そのために、エルヴィラ王女をパーティーで襲撃する自作自演をし、誘拐する予定になっているそうだ。

パーティーを開いて襲撃を目撃させるのは、多くの人間にランバート王国のせいでエルヴィラ王女が殺されたのだと印象づけるため。

その場では誘拐させ、後で殺すのは、実行させる者達が逃げる時の人質にするため。

リアンの暗殺やユーグへの襲撃も、ユーグの仮面の呪いの力でダメにされていることが多く、後宮の第五妃の家が反逆罪で潰されることになったのも、ユーグ達が探り出したせいだったので、実行犯の後を追われては困るのだ。

帝国が実行させた、という証拠を残すわけにはいかない。その対策らしい。

あらかた情報を得た上で、リアンは簪を回収し、ネズミ捕りの檻だけ屋根裏に残し、アニーと共に部屋をそっと出る。

アニーは庭に猫を放し、二人でひっそりと庭からリアンの部屋に戻った。

それまで黙っていたリアンは。少し考えた後で手紙を書くことにする。

「この手は使いたくなかったけど……」

本当に時間がないことがわかった。

なら、最終手段を使わなければ。

装飾品を入れた箱を持ってきて、黒と赤のリボンを書いた手紙に結ぶ。赤のリボンの方に、宛先となる人物の頭文字と、役職の頭文字を入れて。

それを見たアニーは目を見開く。

（きっと、私が黒薔薇団の連絡方法を知っていることに驚いているはず。しかも、団長の名前までわかっているのだから）

先ほどの盗み聞きの時点で、アニーはリアンのことを疑っているはずだ。

——黒薔薇団と関わりのある人間だろうか？　と。

アニーの特技や、前世のリアンがアニーに教えた屋根裏からの人の話を探る方法を見せたりしたのだ。

それが、アニーの行動に影響を及ぼすだろう。

「これを、しかるべきところへ届けてもらえるかしら？」

アニーはしばらく迷った後で「はい」と受け取り、外出した。

素直に宛先へ届けることにしたのだろう。自分では判断がつかないから。

一人になった部屋の中で、リアンは息をつく。

「もう、黒薔薇団を使うしか方法がないものね」

パーティーまで日がない。

アドルフォが使っているらしい諜報組織ではダメだ。

（今までも、結局エルヴィラ王女の側に近づいて探り出すことができていない。それに、暗殺

者への対応に陛下が出ていたということなら、きっとその諜報組織は戦闘技術が弱いはず）

黒薔薇団なら、その全てを補える。

短期決戦となれば、前世の知識を使って黒薔薇団の協力を引き出すしかないのだ。

ただ少し心配なのは、アニーが警戒しすぎていないかどうかだ。

「手紙を見てくれたら、大丈夫だと思うけど」

少なくとも、リアンの握っている秘密を口外させないために、黒薔薇団は動くだろう。

後は待つしかないと思ったところで、扉がノックされる。

「誰？」

呼びかけると、外からベルタの声がしたので入ってもらう。

ベルタと、なぜかラモナがいた。

二人ともが、困惑したような表情をしている。

「何かあったのですか？　お茶を飲みながらお話ししますか？」

長い話になるかとお茶を勧めたが、ベルタが首を横に振った。

「人に聞かれると困る話なので……。あと、そんなに長くはなりませんから」

そう言いながら差し出したのは、白い封筒だった。

「これは？」

「私が、庭をうろついていたメイドから預かったものですよ」

ラモナ妃が静かに話してくれた。

「誰かを待っていたのですが、相手はどうやら衛兵で。けれどその衛兵は訓練に向かう途中だったのか、レベッカや仲間と一緒に集団行動していました。そのせいで、手紙を渡せずにいたんです。一部始終をこっそり見ていたので、私は渡してあげましょうかと声をかけたのです」

メイドは最初こそ答えに困っていたようだったが、ふっと何かを思いついたようにラモナに言ったのだ。

『これは、黒薔薇妃様のファンが書いた手紙です。もし良ければ、黒薔薇妃様に渡していただくことはできませんか？　中を改めてくださって大丈夫ですので』と。

ラモナはそれならと受け取り、中を見て納得したようだ。

リアンが促されて見ると……。

「あ、これ。二度目だわ」

中身はリアンの演技への称賛にあふれていた。

《もうすっごく素敵でした！　物語とは違うけど、陛下の攻めをおかずにパンが三つは食べられそうです！　ごちそうさまでした！》

「ご、ごちそう……さま？」

表現の仕方がものすごく似ているので、これを書いたのは、先日ベランダに落ちていた手紙と同じ送り主で間違いない。

するとラモナが教えてくれた。

「それで、この手紙を書いたのは……どうも、エルヴィラ王女のようなんです」

「……なるほど」

ちょっと驚いた。でもすぐに納得する。

なにせ演技を見た時のエルヴィラ王女の反応を見れば、こういう手紙を書きそうだとわかるからだ。

「まさかメイドに感動の手紙を出してもらうほど、好感を持ってもらえているとは思いませんでした」

「でも、罠《わな》ではないのでしょうか？」

ベルタは、油断させようとしているのでは？　と言いたいらしい。

「いえ、たぶん大丈夫です」

リアンは微笑む。

「演技だとわかっていても、彼女は自分の侍女や後宮妃達には何も言いませんでした。その人達はみんな、私のことを寵姫だと疑っていません。しかも手紙を、自分が出したとわからないように言づけるのですから……。それが答えだと思います」

リアンに好意を抱いているし、それをなんとか伝えたかっただけなのだと思う。それぐらいしか、エルヴィラ王女が自由にできることがないから。

――わたしは敵ではありません。

エルヴィラ王女は、密かにそう言いたいのだろう。

彼女としても危機感はあるのだ。自分を本当に守ってくれる人のいない外国で、自分を見張り、場合によっては殺す決定を下す人しか側にいないのだから。

しかも国王は、絶対に自分に振り向かないらしいことは察している。

王女だから、国のために恋愛以上に選択しなければならないものがあるのだと、そう理解しているからこそ。せめて何かあった時に、自分の気持ちぐらいは知っていてほしいと、そんなふうに思っているのかもしれない。

「王女も、売られたメイドと似たような立場の人なのかもしれない」

床に這いつくばって寵愛《ちょうあい》を願う言葉を口にするしかなかったメイドと、さして変わらない。

そう思ったのだった。

内幕　三

茶色の地味な外出着姿になったアニーは、王宮を出て辻《つじ》馬車を捕まえて乗り込んだ。

辻馬車も二度ほど乗り換えた後、徒歩で大きな通りから外れた場所へ。

さらに知り合いの酒屋に寄って着替えてから、それなりのドレスを身に着けたアニーは、今度は知り合いに呼んでもらっていた馬車で目的地へ向かった。

そこは、王宮から少し離れた場所にある、とある伯爵家の館《やかた》だ。

当主の補佐をしている執事の一人に面会を申し込むと、館の中でも、一つだけ分離した建物の中に案内される。

「久しぶりだな、アニー」

中で待っていたのは、薄茶色の髪の男性だ。表向きはこの伯爵家で執事をしている男、カミルだ。

三十代半ばになった彼は、もう十年以上この伯爵家で執事という役職についている。

しかし離れを一つ任されて管理し、彼自身は家政にはあまり関わっていない。

重要な役目があるからだ。

「お久しぶりです、団長」

黒薔薇《くろばら》団の団長。それがカミルだ。

元は宝石商人の組合から発展したこの秘密結社は、他国の商人による妨害、果ては貴族が領地の法を変えては職人を貧しくしたりすることから守るため、諜報《ちょうほう》から護衛業、暗殺まで手を伸ばすようになったのだ。

前身となった組合には、複数の貴族が参加していた。

この伯爵家は、その当時から黒薔薇団に関わり、団長の隠れ蓑《みの》として動いているのだ。

「今日《きょう》はどうしたんだ？　王宮でなにか動きでも？」

「それが……」

アニーは困った表情を隠せないまま、リアンから預かった手紙をカミルに渡した。

カミルは手紙を見た瞬間、にこやかだった表情を消す。

「これはどこから？」

「後宮の黒薔薇妃と呼ばれる方からです」

「あの国王の寵姫《ちょうき》だっていう人物か？　……君が俺《おれ》への連絡手段なんかを伝えたのか？」

アニーは首を横に振った。

「一切伝えていません。私が黒薔薇団の人間だということも。なのにこの手紙に黒と赤のリボンを結んで、団長のイニシャルを書き、私に届けるように指示したんです」

「嘘《うそ》だろう？　田舎《いなか》の男爵令嬢だと言っていたじゃないか」

アニーはリアンが寵姫として後宮に入ることになった時に、その情報を伝えていた。それが間違っていたのかと、カミルは聞きたいようだ。

「たしかにそう言いましたし、あの後、彼女の出身地である田舎にまで行かせた者からも、リアン・クローゼは男爵令嬢で、のどかな田舎で育った内向的な女性だと裏がとれています」

「……もう亡くなった、デリア前王妃が教えたのか？」

「その線ぐらいしか、ないかと思います」

黒薔薇団と繋《つな》がりがある王族は、デリア前王妃だけだった。

カミルはとにかく中身を見ることにした。手紙の中に、疑問の答えがあるかもしれないと思ったからだったが。

「……は？」

「どうかしました？」

「ちょっ、えっ、だってそんな……」

手紙を持つ手を震わせながら立ち上がり、うわごとみたいに言い出す。

「何か毒でも食べたんですか？」

「母さんみたいなこと言うなよ！」

思わずカミルが口に出した幼い時のままの言い回しに、アニーもびっくりする。二人は黒薔薇団の創設者であるルドヴィカに拾われて、一緒に育った仲だった。そしてルドヴィカのことを「母さん」と呼んでいたのだ。

「え、母さんって急にどうしたの？」

思わずアニーまで昔の口調に戻ってしまった。

「これ、これ！」

カミルが渡して来た手紙を、アニーも見る。それから眉間《みけん》にしわを寄せて言った。

「母さんに、親族なんておられましたっけ？」

「いるかもしれないが、そもそも母さんは連絡をとってない。母さんの薫陶を受けた俺達の上の世代の誰かが、その黒薔薇妃に関わっていた可能性を考えている」

アニーもその推測にうなずいた。そうでもなければ、ありえない内容の手紙だったのだ。

《黒薔薇の造園を希望。王宮の帝国の花について、帝国へ移植するための情報と人手を求む。報酬は、とある人物が先代団長の子息におねしょの罪を着せた件について秘密にすること》

カミルの手が震えているのは、その罪を着せた人物が幼少期のカミルだったからだ。

しかも当事者二人とアニー、ルドヴィカだけの秘密だったのに。

「なぜ、その娘は黒薔薇団の暗号と、これを……」

「わかりません」

アニーにだってわかりようもない。

カミルはしばらく目を手で覆って考えた後、口を開いた。

「とりあえず、エルヴィラ王女の動向であれば多少掴《つか》んでいることがある。その黒薔薇妃が活発に行動しているおかげで、とうとう動くようだ」

そして、なにかの報告を書いた紙をアニーに見せてくれる。

「これを、そのまま黒薔薇妃という女に教えてやってくれ。そして依頼は受けると伝えていい。必要なものは全《すべ》て知らせてくれたら用意する。黒薔薇についてもな。そして……その黒薔薇妃の判断の仕方と行動を見て、情報源を調べてくれ」

アニーはうなずく。


翌日。

アニーは朝食後に二人きりになったところで、リアンに結果を報告することにした。

ソファに座って手紙を読むリアンに、お茶を出しながら声をかけた。

「黒薔薇妃様、昨日《きのう》のことでご報告をしたいのですが」

「ええ。どうだったかしら?」

ぱっと顔を上げたリアンは、明るい表情をしていた。

連絡が取れたかもしれないと、単純に喜んでいるような顔だ。

――黒薔薇団のことを、深く知っているに違いない。

アニーはそう思う。けれどこのままでは、彼女から決定的な言葉がないまま進みそうだ。なので自分から聞く決心をした。

「依頼をなさったのは、黒薔薇団でお間違いありませんね？」

リアンは微笑《ほほえ》んだままうなずく。

「ええ、間違いないわ。……黒薔薇団については、デリア王妃殿下以外の方からも聞いたことがあったのよ」

情報源はデリア王妃以外にもあったようだ。

「団長の名前について、どなたかからの紹介でご存じだったのですか？」

「……カミルという方は団長になったのね。私の情報はとても古いものだったんだけど、いずれその方が団長になるだろうと聞いていたの。そうでなくとも、幹部にはなっているかもしれないと思って」

リアンの答えを聞いて、アニーは少し腑《ふ》に落ちる。

あの時、たしかに『団長に届けて』とは言われなかった。リアンの言っていることの筋は通っている。

もうここまで質問しているのだからと、アニーは続けて尋ねた。

「ところで、なぜ……私が黒薔薇団の人間だとわかったのですか？」

ただ『しかるべきところへ』とだけ指定された、手紙の届け先。

アニーが黒薔薇団の人間だと知っているからこその行動だった。いつどこで、アニーが黒薔薇団の人間だと知ったのだろう。

「名前を……聞いたの。カミルという人と一緒に、アニーという名前の人もいると。その頃《ころ》の私よりも年上の女の子だというし、髪の色も聞いていたものと一緒だったのと……」

リアンは少しだけ間を置いて続けた。

「王宮で一度、黒いリボンを結んだ手紙を人に渡しているのを見てしまったの」

「そうでしたか」

アニーの失態だ。リアンに団員と話しているところを見られていたらしい。それなら、黒薔薇団員だと疑われても仕方ないだろう。

(あとは、彼女の側《そば》で情報源を探るしかないわ)

そのためにもと、アニーはリアンの側に膝《ひざ》をついて言った。

「黒薔薇団は、造園の希望を受け入れました。連絡は、私がさせていただきます」

リアンはうなずいた。

「ありがとう」

「それに関して、一つすでに情報があります」

アニーはカミルから聞いた情報をリアンに教える。するとリアンは、小さく笑う。

「いいわね。逆にこちらが利用したら、手っ取り早く片付けられそう」

リアンの漏らした感想を聞いて、アニーは密《ひそ》かに息をのむ。

（懐かしい……）

胸に広がる、温かな感覚。それは遠い昔に、独りぼっちで町をさまよっていた自分を助けてくれた女性──ルドヴィカと同じ言い回しだ。

感情が乱れそうになる中、一つだけ思った。

（黒薔薇団の情報を誰《だれ》から知ったのかわからないし、なかなか自分からは話してくれないけど。その理由が……もし母さんの生まれ変わりだったとしたら）

そうだったらいいのに……とアニーは願ってしまったのだった。

「なん……」

ユーグは絶句した。

夜になってリアンの元を訪れた彼は、いつものソファに座ったとたんに、とんでもないことを聞かされたのだ。

「エルヴィラ王女の暗殺計画？　なぜだ？」

リアンはユーグの向かい側に座り、『アニーが聞きかじった話』として、自分が入手した『王女の暗殺計画について』をユーグに教えた。

「政略結婚で併合ができないなら、王女の死の責任をこちらに負わせて、有利な立場になるつもりだと思います。圧力をかけて、じわじわとランバート王国の国土を削ろうとしているのではないでしょうか。……たしか帝国に接する西に、帝国が欲しがっている土地があったはず」

「ブローディス地方のことか？」

国境は山岳地帯だ。だから帝国とは紛争程度の諍《いさか》いしかなかったし、併合からも逃れてきた。

その山岳地帯の横に、ブローディス地方がある。

「近頃《ちかごろ》、帝国の気候が不安定らしいですね。それが毎年のことになってしまって、作物の生産が心もとない地方があるようで。そんな困った土地を持っているのが……帝国の王の最愛の妹が嫁いだ家なのだそうです」

帝国についての情報は、アニーを経由して黒薔薇《くろばら》団からもたらされたものだ。

自分の個人的なことを知っているリアンを警戒しつつも、現黒薔薇団団長のカミルは、リアンの口止めのためにも協力を決めたのだ。

「しかしエルヴィラ王女を犠牲にしなくとも……」

ユーグが顔をしかめた。娘を犠牲にすることに、嫌悪感を抱いたのだろう。

「だからこそ、エルヴィラ王女を選んだのではないでしょうか。庶出の王女を、王妃の養子として育てていた……ということのようですし。最初から、使い捨ててもいい政略結婚の駒《こま》と考えていたのだと思います。帝国は、とても冷酷な判断をする国らしいと聞きますから」

ランバート王国では、庶出の王女は認められていない。

代わりに相手が身分の低い女性でも、正式に結婚をしていれば王子王女として継承権も与えられる。

一方の帝国は、庶出でも王妃との養子にしてしまえば、王子王女として認めた。ただそのほとんどは、政略結婚の駒になるそうだ。

「……では、王女暗殺の証拠を掴《つか》んで、エルヴィラ王女を帝国へ送り返すのか？」

ユーグの問いに、リアンは首を横に振った。

「彼女達が利用した人間の証拠だけでは、言い逃れができてしまいます。暗殺を請け負うものは平民でしょう。身分の枠がこちらよりも厳しい帝国としては、平民の証言だからと斬《き》って捨てるでしょうし、決して認めません」

帝国がぐうの音も出ず、認めるしかない状態にしなければならない。

「エルヴィラ王女自身も、証拠を捏造《ねつぞう》したのではと疑うでしょう。だから……別の手を考えております」

「別の手？」

ユーグが聞き返す。

「侍女達に自供させましょう。それを信じてもらうため、エルヴィラ王女や、会場にお越しになった帝国派の貴族達にも、一体何が起ころうとしていたのか、ギリギリまで体感していただくのはいかがでしょう？」

ふふふと笑いが漏れるリアン。

「実感していただかないと、認識していただけない人は沢山いますし、必死になりますでしょう？　でも殺さないようにしませんと」

近くにいたアドルフォが、怯《おび》える眼差《まなざ》しをリアンに向けた。

「私、色々陰謀を練ったりはしましたけどね、ここまではっきりと生かさず殺さず宣言をした方、初めて見ましたよ……。発想がなんだか、悪の親玉みたいな」

アドルフォの発言に、リアンはドキッとする。

（そんなに、悪の親玉っぽかったかしら？）

「しかし、今一番に命を狙《ねら》われているのはリアンだ。殺さない程度に思い知らせるぐらいは、当然したくもなるだろう」

ユーグが擁護してくれる。

（あ、ちょっと嬉《うれ》しい）

自分を理解してくれていると感じると、リアンは心が穏やかになる気がした。

ここのところ、前世の自分の境遇を思い出すようなことが多くて、帝国派を潰《つぶ》すことばかり考えて殺伐《さつばつ》としすぎていたようだ。

だからほがらかな気持ちで、詳細を語ったのだけど……。

「まずは、王女の侍女達が油断して、全《すべ》ての舞台を整えるまで放置します。エルヴィラ王女には拉致《らち》寸前ぐらいまではそのままでいただいて」

「え」

ユーグが目を丸くした。

「直前になって、私達がエルヴィラ王女を救うところまで、観客には目撃していただきたいので、参加者がすぐに脱出できないようにしましょうね」

「ちょっ、黒薔薇妃様！」

アドルフォがこらえきれずに待ったをかける。

「パーティーで怪我人《けが》が出てしまいますよ！」

「怪我ぐらい何ですか。半数以上は帝国派の人間。人を殺そうとしたり、笑って見ていたらどんなしっぺ返しが来るのか、思い知った方が大人《おとな》しくなります。今後の陛下の御代も、執政がやりやすくなることでしょう」

デリア前王妃の輿《こし》入《い》れに関しての陰謀でも、似たようなことはした。

結果、何年かはデリア前王妃も穏やかに暮らせたらしいので、悪い手ではないはずなのだけど。

アドルフォが涙目だった。

「うちのパルが……」

どうやらパルティア嬢のことが心配だったらしい。からかったりするわりに一途《いちず》なアドルフォに、リアンは微笑《ほほえ》ましい気持ちになる。

「パルティア嬢や、陛下側の人間はちゃんと護衛をつけましょう」

「どうやって？」

「エスコート役を、陛下の騎士にでもしておくといいと思います」

「なるほど……でも帝国派の人間が警戒するのでは？　それに武器がないと守れないですよ？」

「大丈夫です。どうせ警備計画にはアドルフォ様が手を出せるのです。細工をするぐらいわけないでしょう？」

例えば、武器を所持できなくてもどこかに隠して持っておくとか、隠しておいた場所を彼らにだけ知らせておくとか。

そうではなくとも、緊急時の逃げ方を知っている人間がいるだけでも、かなり状況は変わるだろう。目撃者になってもらった後は、すみやかに逃がすための誘導も、彼らがいれば順調に進むだろう。

「目撃後は、逃げられるようにしますから」

微笑んで言えば、ユーグが「君は？」と聞いてくる。

「きっと私のことも始末したいでしょうから、出席します。私が『後宮のパーティーなので』と参加したなら、陛下達があまり警戒していないと勘違いしてくれるでしょうし」

「それではダメだ。寵姫《ちょうき》が殺されたりしたら……」

すると、なぜかユーグが焦り出す。

「もちろん、私は怪我をしないように気をつけますので」

「しかし……」

きちんと対策をしますと伝えても、ユーグは納得できないらしい。

さて、どうやったら彼を説得できるだろう。しばらく悩んだリアンは、ふと思いついたことがあり、説明のために紙に書いて二人に渡した。

「お二人とも、これを見てください」

リアンは紙に書かれた内容を見て、驚く二人に説明した。

「たぶん、この方法が一番穏便になるはずです」

「穏便……だが、君の身は危険なままじゃないか」

ユーグはまだ渋い表情をしたが、リアンは笑ってみせた。

「大丈夫です。とっておきの方法があります。巷《ちまた》で評判の、黒薔薇団という人達から、協力してもらえることになったので」

「…………は？」

アドルフォがぽかーんとする。

「どうやって？　僕達も接触しようとしたが、なかなか連絡を取ることができなかったんだが。何か特別な方法でも見つけたのか？」

「王宮の使用人に、それらしい人がいたんです。見分け方は秘密ですが、上手《うま》くかまをかけたら、黒薔薇団だと白状してくれて。あの方々、暗殺業もお得意らしいですね？　パーティーでの私の警護をしてくれるよう、頼んでおいたんです」

だから大丈夫ですよ、と言えば、渋々ユーグも、リアンがパーティーに参加することを了承してくれたのだった。

☆☆☆

衣装は新調した。

美しい薔薇の造花や蔓《つる》を肩から腰まで縫い付け、金の刺繍《ししゅう》が入った華麗なドレスだ。

薔薇の花は真紅。そして全体はいつも通りの黒薔薇色。

「とても綺麗《きれい》ですわ、黒薔薇妃様。だけど……大丈夫ですか？」

支度を手伝っていたベルタが心配してくれる。

「問題ありません。アニー、行きましょう」

「はい」

リアンは、ドレスを着たアニーを連れていく。

アニーは青色のドレスを着ていた。華美すぎず、でも真面目《まじめ》そうな美女のアニーを魅力的に見せる、水のベールのように幾重にも重ねた絹のドレスだ。

彼女は自分の護衛だ。

頼むと、アニーの方もすんなりと受け入れてくれたので助かった。

アニーは会場にいてもらわなければならないので、給仕の中に紛れ込ませるのではなく、一緒に行動することにしていた。

不安そうなベルタ達を連れて、リアンは会場前へ向かう。

場所は、王宮の南にある舞踏場。

王宮の南の庭に面した、王宮とは渡り廊下で繋《つな》がっている孤立した建物だ。

夜の闇《やみ》の中、カンテラを配置した渡り廊下は、やわらかな光で照らされていた。

そこを行く人々の姿は、舞踏場から漏れる強い光に集まる、色とりどりの蝶《ちょう》のようだ。

舞踏場の真っ白な建物の前へ到着すると、衛兵が中へ入れてくれる。

中も光に満ちあふれているように明るい。白大理石をふんだんに使っているので、シャンデリアや壁際の燭台《しょくだい》の明かりを反射しているせいだ。

その奥は、数段高い場所になっており、演劇を行う舞台がある。

今日《きょう》は舞台を使うことはない。

代わりに、美しいピンクや黄色の包装紙で包まれた箱が積み上げられている。一つ一つは大人が簡単に抱えられるぐらいの大きさ。

パーティーの最後に、来場者にエルヴィラ王女から贈り物を持たされると聞いていたが、それを飾っているようだ。

白い建物の中は、色とりどりのドレスを着た人々の他《ほか》にも、美しい花が飾られている。

色があふれているせいで、ここだけ春になったみたいだった。

ざっと確認し、リアンはアニーにささやく。

「手はず通りにお願い」

アニーは黙ってうなずく。

そしてリアン達はパーティーに紛れた。

いつかのお茶会のように、リアンを見てこそこそと悪口を言う人はいる。ユーグの寵姫に対して、いじめて追い出せば自分達が選ばれると考えている、後宮妃や後宮妃の親族達だろう。

悪口の内容が『さして美人じゃないじゃない』とか『あの女に陛下は騙《だま》されているのよ』といったものだったから。

リアンは悲しそうな表情をしておいて、全て無視する。

（今日はとっても大事な日なのよ！　かまっていられないわ）

ただし何の反応もしないと、自分を無視されたことに怒るやっかいな人間がいる。なので
『私、悪口に傷ついてます！』という表情をして、アニーに支えてもらうフリまでお願いした。

そうすると、『あんな弱々しい女なら、きっとすぐに後宮から逃げ出すわよ』という満足げな悪口が聞こえて来た後は、すぅっと遠ざかってくれるのだ。

自分が勝ったと思ったのだろうけど。

「ふふふ、地獄を見せてあげるわ……」

つぶやきが漏れてしまう。

「ボロが出ないうちに、お早く」

アニーに指摘された上、誘導される。

最近、対応がちょっと雑になってきたアニーが導いた場所は、パルティアの側《そば》だった。

「まぁ黒薔薇妃様、お加減が悪いの？」

いじめられる妃をはげます演技をしてもらうことになるかも、と打ち合わせの時にお願いしたので、パルティアは大きな身振りで驚き、リアンを抱きしめて慰めてくれた。

意外とノリノリである。

「ありがとうございます、パルティア様」

涙をぬぐうふりをしつつ、リアンはささやき声で言う。

「すみません、思わず笑ってしまいそうになって、泣く演技で誤魔化しておきました」

「なかなか大胆な方ね。最初のイメージと違うわ、あなた」

「よく言われます」

リアンに会う人は、最初こそ大人しく地味な娘だと思うらしい。リアンがそうしているので、我が意を得たりという感じではある。

しかし何か一緒に活動することがある場合、特に解決しなくてはならない問題に遭遇すると、パルティアのように印象が変わる。

リアンも彼女達に親しみを感じてしまった分、意識しないと、前世の癖が出てしまうらしい。

二人で話していると、王国でも強い勢力を持つ公爵家令嬢であるパルティアに遠慮してか、リアンのことを探るように見ていた人達も遠ざかる。

近づこうとした人もいた。こちらは『国王の寵姫』と仲良くしておきたいと思ったらしい、ユーグ派の人物のようだ。

でもパルティアからやんわり断ってもらい、挨拶《あいさつ》だけ交わした。

その間にも、ちらちらとエルヴィラ王女の様子を横目で見ていたが、エルヴィラ王女の方は沢山の人に囲まれていた。

囲んでいる貴族達は談笑しているが、エルヴィラ王女自身はいつものツンとした、何にも興味がなさそうな態度をしていた。

(実際、興味がないんでしょうね)

政略結婚の駒であり、使いものにならないとわかれば捨てられる。

それでも嫁ぎ先の国王がエルヴィラ王女を大切にしてくれたら別だったのだろうけど、ユーグの方は併合をされたくないので、彼女に少しでも優しいそぶりを見せるわけにはいかなかった。

少しでも油断したら、そこから一気に周囲が『わざと』勘違いしたことにして、言っていないことまで言ったと主張し、ユーグを陥れてでもエルヴィラ王女を王妃にしようとするだろうから。

「それで、これからどうなるのかしら？」

パルティアがこそこそと尋ねてくる。

「謎《なぞ》の襲撃者が現れて、王女をさらっていこうとするんです」

エルヴィラ王女の侍女達の予定ではそうなっていたはずだ。

「……黒薔薇妃様の身の安全は大丈夫なの？」

パルティアが持っていた扇で口元を隠しつつ、さらに声を小さくする。

「大丈夫です。色々と陛下に手を打っていただきましたから」

微笑むと、パルティアはふっと息をつく。

「それなら大丈夫かしら……。あの方も、アドルフォも頭が回る人達ではあるし」

何のかんのと言いつつ、パルティアは婚約者であるアドルフォを認めているらしい。微笑ましい気持ちで、そのままアドルフォについて話をしていると、アニーがリアンの腕を密《ひそ》かにつついた。

「黒薔薇妃様、動き出しました」

アニーの視線の先を追うと、立って歓談している人の間をぬうように歩く給仕のメイドが一人、会場に置かれた花瓶に触れている。

いや、なにかを入れているようだ。

「水に反応する代物ね……。パルティア様、庭へ出られる場所に寄ってください」

パルティアはうなずき、庭に出られる扉の近くへと移動する。

それを見て、移動する人が何人か。全てユーグの派閥の人々だ。

中には誘導するように行動しているラモナもいた。

(扉は開いてる。衛兵が立っているけど、ラモナ様がいれば大丈夫でしょう)

ラモナにはユーグ派の人々の誘導役を依頼していたのだ。メイドや女官どころか、あちこちの貴族に顔が利くラモナだからこそ、ことが起った時に呼びかければみんな従うはず。

そして舞踏場の中央部には、帝国派の貴族ばかりがなんとなく広がっている状態になる。

元々仲良くしているわけではないので、帝国派の人々はユーグ派の貴族が端で固まっていても、気にも留めていないようだ。

それはエルヴィラ王女の侍女達も同じだった。

時々リアンのことを意地悪そうな目で見るものの、特に違和感はないらしい。じりじりとエルヴィラ王女から離れつつ、プレゼントを積み上げた舞台側へと侍女達四人が移動していく。

彼女達にとっての安全な場所が、そこなのだろう。

「さて、行きますね」

パルティアに言い置いて、リアンはアニーと一緒にエルヴィラ王女に近い場所を目指して歩き出した。

これから起ることをリアン達に有利に持って行くためにも、エルヴィラ王女を確保しなければならないのだ。

「あら、あちらの花を見ましょうアニー。白くてとても綺麗だわ」

そんな適当な会話らしい言葉を口にしていると、途中でアドルフォがこちらを見つけてくれた。

「やぁ黒薔薇妃様。ご機嫌いかがかな?」

おどけた態度で一礼し、世間話をしているかのような態度で、リアンと一緒に少しずつ移動する。

そうしてたどり着いたのは、エルヴィラ王女から二十歩ほど離れた、食事のテーブルの方だ。

パーティーの最初は歓談とダンスを楽しみ、良い頃合いになったら食事をこのテーブルに並べた上で来場者を着席させ、晩餐《ばんさん》をする予定だと聞いた。

数十人分のカトラリーが置かれたテーブルも長大なものがいくつも連なっていて、その一角にぽつぽつと、休みたい人が椅子《いす》を使う程度にしか人がいないのだ。

「どうですか、黒薔薇妃様。動き出しましたか?」

「何かを花瓶に入れているようです。水に反応する薬ではないか、とアニーが」

自分が薬品に詳しいとおかしいので、リアンはだいたいのことをアニーから聞きかじったことにする。なんでもかんでもアニーが教えてくれたと言うだけでいいのは楽だ。

「さすが黒薔薇団の方ですねぇ」

アドルフォはそれを信じて、ちらっとリアンと一緒にいるアニーを見る。

アニーは賢く沈黙を守ってくれた。

すでにアニーが黒薔薇団の人だと紹介していたのだ。

アニーの了解をとり、アドルフォとユーグにだけ話したのは、リアンが言い訳をしやすいようにでもあるし、黒薔薇団の手を今回借りることを証明するためでもあった。

「ところで薬だった場合、近くにいると死にそうになったりするんですかね？」

アドルフォはアニーに尋ねた。吸ってすぐ死ぬようなものなのか気になったようだ。

「大丈夫です。先に工作してありますので、薬も毒も影響を及ぼさないでしょう。そもそも、死ぬような危険なものは使わないはずです。帝国派の貴族達を死なせても、エルヴィラ王女の侍女達には不利になるだけですし、彼女達自身も倒れては困るでしょうから」

エルヴィラ王女の侍女達は、事件を起こした後でユーグに抗議して、ランバート王国に罪を着せる活動をしなければならないのだ。うっかり手違いで死んでは困るので、危険なことはしていないはず。

「ランバート王国での工作活動ができないし、この事件の目撃者が作れないから、ですねぇ。ではなんのために……？」

「たぶん、演出のためでしょう。そこは、黒薔薇団の方で何かしてくれるはずです」

横目で、隅の花瓶の方を見る。

会場を回るメイドが、花瓶に近寄って、中から何かを取り出す。それを近くの老紳士に渡した。

（どちらも黒薔薇団の人間ね）

メイドから摘《つま》めるほどの大きさの何かを受け取った老紳士は、自分の懐からケースを取り出し、中から何かの粒を取り出すとワイングラスに入れた。おそらく薬がなんなのかわかったので、似た効果のある別のものを使うことにしたのだろう。

エルヴィラ王女の侍女達をまだ騙していたいので、そうしてくれるように頼んでいたのだ。

ワイングラスを会場の窓際に置き、老紳士は離れて外へ出ていった。

見守っていると、黒薔薇団員が扮《ふん》した貴族が置いたグラスから、ゆらりと湯気のようなものが立ち昇った。すぐに木を燃やした煙のような臭《にお》いがし始める。

何人かが気づいて、でも臭いが拡散した時には湯気のようなものも消えていたので、誰《だれ》も発生源がわからないようだ。こそこそと不安そうに周囲の人と話し始めた。

「なんかおかしな臭いがしない？」

「どこかが燃えてるの……？」

一方、エルヴィラ王女の侍女達は困惑顔をしていた。

「煙が出ないようだけど……」

と言っていると、口の動きでアニーにはわかったようだ。

煙を出して場を混乱させるつもりだったのかもしれない。

すると、舞踏場の奥、ゆるやかな音楽を奏でていた楽団がいる舞台で、火が出た。

「ひぃええええっ！」

楽団の人々が声を上げ、立ち上がって逃げ始めたことで、異変が知れ渡る。

置き去りにされた椅子や重たい弦楽器が、緞帳《どんちょう》を燃やす炎で赤く照らされる。

「火事だ！」

「逃げろ！」

人々は大騒ぎだ。

驚いて逃げ出そうとする者。驚きと恐怖でその場に座り込んで悲鳴を上げる者などがいた。

「落ち着いて、庭へ逃げて！」

ラモナの呼びかけに、人が移動し始め、庭へ出られる扉が開く。

逃げる場所が明確になったことで、混乱した人々はラモナがいる方へと殺到した。

しかしなかなか外へ逃げられずに、出入口が混雑してしまった。

ユーグ派の貴族達はさっさと外に出たようだが……。

「名前なんていいでしょ！　早く通してよ！」

レベッカ率いる衛兵達がそこで事情を聞こうとしたり、名前を確認してから外へ出てもらいます！　と急にやり始めて、帝国派の貴族達は行列を作ったまま動けなくなっていた。

（いいわね、計画通り。事件の目撃者になってもらった上で、多少は怖い思いをしていただき

ましょうね）

そのための足止め作戦だ。

一方のリアンは、エルヴィラ王女がいた場所へ走る。

今いる場所からエルヴィラ王女の居場所まで、人々がいなくなったおかげであっという間にたどり着いた。

侍女達も逃げるふりをしながら王女から離れていたので、誰にも邪魔されずに済んだ。

「王女殿下、避難するならこちらです」

声をかけてから手を掴む。

戸惑っていたのか、椅子から腰を浮かせていたエルヴィラ王女は、手を掴んだのがリアンだと気づいて、目を丸くした。

「え……あなたは」

「ここは危険ですから、早く避難を。みなさん庭に向かっていますから」

リアンが指さした方向を見て、エルヴィラ王女は納得して立ち上がる。

みんなが避難している方向なら、それを教えてくれたのがリアンでも問題はないと判断したらしい。

（というか、私に対して全く悪意も疑う気配もないわ）

やっぱり彼女は、物語以外には興味がない……政略結婚にも興味がないどころか、面倒なものだとしか思っていなかったのだろう。

エルヴィラ王女を連れて、リアンが歩き出す。

「えっ、王女殿下が移動してる？」

離れた場所で隠れていようとしていた侍女達が、ようやくリアンの動きに気づいた。

「エルヴィラ王女殿下を、誰が連れ出そうとしてるの？」

「あれは国王の寵姫よ！　王女殿下を逃がして、邪魔をしようとしてる！」

（逃がして邪魔してるとか叫んだら、エルヴィラ王女を逃がさずに放置していたのがバレバレでは？）

焦っているのか、侍女達の内心がダダ漏れていた。

リアンは少しでもエルヴィラ王女を人のいる場所へ誘導したいので、無視して進んだ。

帝国派貴族達の側へ行くのだ。

間近でエルヴィラ王女が襲撃されることで、帝国派貴族達にも『自分達も殺されるかも』という臨場感ある恐怖を味わってもらいたかったのだ。そうしたら、しばらくはおかしな陰謀を考えたりはしないだろう。

もちろんエルヴィラ王女は守るし、怪我人を大量発生させないつもりだ。

リアンは周囲に視線を走らせる。

（……大丈夫。黒薔薇団がいるわ）

舞踏場に留《とど》まっている貴族の中に、扉から少し離れてリアンに注意を払っている人物が数人。テーブルや花瓶を置いた花台の陰に座り込むふりをしているメイドや男性使用人の姿が数人。

それにリアンの側には、アニーがいる。

アニーの右手には、すでに細い短剣が握られていた。

確認している間にも、舞台の炎が閉じていた背後の緞帳を燃やし尽くした。

すると黒く炭化した緞帳の陰から、黒服で顔も黒い布で覆った人間が次々に飛び出してくる。

襲撃者に気づいた帝国派の貴族達が、悲鳴を上げた。

(あ、それで小さいながらに一段高い舞台のある、舞踏場を選んだのね)

リアンは、どうしてエルヴィラ王女の侍女達が、ここをパーティー会場に選んだのかがわかった。

人々にまず『誰がエルヴィラ王女をさらうのか』を見せるためだ。襲撃者がぱっと現れてぱっといなくなっては、記憶に残る人数が少なくなる。

帝国派の貴族達をさっさと庭に逃がしてしまうにしても、一度は目撃してほしいのだ。そこで、舞台の上に立てばいいと思いついたのだろう。

襲撃者達は悲鳴を聞いてから、舞台を下りた。

そのままリアンとエルヴィラ王女の方へと走ってくる。

会場に残っていた人達から、さらに悲鳴が上がった。近くにいたリアンは耳が痛いぐらいだ。

「……………っ！」

エルヴィラ王女は息をのんだ。

リアンも内心では驚いていた。

（予想より多すぎ！）

十人ぐらいでも、エルヴィラ王女を誘拐するには十分だろう。その他、王宮から連れ出す人員を外に伏せておいたとして、全員で二十人ぐらいで行動するのでは、と思っていたが。

襲撃者だけで三十人ほどはいる。

（こちらが、舞踏会場の警護を増やすつもりだと、察知されたのかしら？）

警護が多ければ、十人ぐらいではすぐに捕まってしまうかもしれないという危機感から、帝国側も襲撃者を増員したのかもしれない。

エルヴィラ王女の手を強く引っ張って背後にかばう。

リアンの策は、もう少し早く安全な場所にたどり着き、侍女達が王女を殺そうとしていたことを白状してくれるようにするものだ。

先ほどの様子なら、簡単にぽろっと話してしまうだろう。

だから観客にされるはずのパーティー参加者の近くへ移動し、国のために死んでもらうとでもエルヴィラ王女に言うよう仕向けるつもりだった。

あと少しで侍女達がここまで来るところだったが、黒服の襲撃者達を見て、足を止めてしまった。

同時に、リアン以外の人々も行動する。

舞踏場にいた衛兵が数人、舞台から飛び下りた襲撃者を迎え撃とうとする。

けれど今回の襲撃者は、それなりの腕があるらしい。次々に衛兵は打ち返され、毒を使うのかその場で昏倒《こんとう》させられている。

黒薔薇団の人間も、会場内に潜ませているけれど、出てくるのはギリギリになってから、と打ち合わせていた。彼らの存在が先に知られてしまうと、警戒されてどんな予想外の行動をされるかわからないから。

まずはエルヴィラ王女に、自分が狙われていることを知ってもらった後でなければ。

(もう、早く言いなさいよ!)

リアンは、少し離れた場所で立ち止まったままの侍女達を煽《あお》ることにした。

「侍女があんなに沢山いるのに、なぜ王女殿下を守らないの！　信じられない！　なんて役立たずなのかしら！」

自分達が役立たず扱いされ、侍女たちは怒ったようだ。

「娼婦《しょうふ》みたいなことをして国王に取り入ったくせに！」

「あばずれが！」

「計画通りなのよこれは！」

侍女の一人が最後の言葉を叫んだところで、リアンは背後にかばったエルヴィラ王女を押し倒した。

「えっ、ひいっ！」

尻餅《しりもち》をついたエルヴィラ王女だったが、自分が一瞬前までいた場所をよぎって、床に突き刺さった短剣を目にして息をのんだ。

もう、これで大丈夫だろうと、リアンは自分が教えることにした。

「王女殿下。どうやら、あなたの侍女達があなたを殺そうとして、襲撃者を雇ったようです。早く逃げないと、殺されてしまいますから、急いで走って！」

そして近くに居た帝国派の貴族達が、わざと大声で言ったリアンの言葉にぎょっとした表情になる。

「え、なんで王女殿下を殺すの？」

「やだ怖い！　私達まで帝国に役立たずだって始末されてしまうかも！」

二つ目の声は、黒薔薇団の人間が適当に言ったものだ。

貴族達の間から出た声ではなかったけれど、彼らは信じた。なにせこの舞踏場での誘拐計画を知らなかったのか、普通に混乱していたからだ。

「いやあぁ！　死にたくない！」

「早く外へ出して！」

人の波が半狂乱の声を上げながら、出入口へと向かう。

今度は目的を達成したので、レベッカ達も彼らを素直に庭へと誘導しているようだ。するするると人の姿がいなくなる。

……が、彼らが脱出しなければ、レベッカ達の応援は望めない。

その間を持ちこたえつつ、エルヴィラ王女も逃がそうとしていたリアンだったが……。

「早く、王女殿下も逃げましょう！」

無理やり引っ張り起こして立たせようとしたが、エルヴィラ王女は青白い表情のまま身動きしなくなっていた。

しかし襲撃者が近くまで迫って来ていた。

「リアン！」

その時、襲撃者の前に立ちふさがる人物がいた。

暗めの銀の髪と白の仮面が、夜の闇の中で目立つ。

着ているのは衛兵の制服だが、青のマントに黒の服は、彼の髪色を映えさせていた。

それは衛兵の服を着たユーグだ。

仮面をしている時には、呪《のろ》われているから強い……という話を見せつけるように、ユーグは三人、四人と次々に倒していく。

「大丈夫か？」

「はい！」

返事をしながら、リアンは気になっていることがあった。

『仮面をしてたら目立つでしょうし、あそこにでも隠れていたらいいですよ！　そんなに黒薔薇妃のことが心配なら、苦でもありませんよね？』

とアドルフォから事前に言われて、嫌そうにしていたのに。

「本当に舞踏場の収納に隠れてたんですか!?」

「ああそうだ。誰にも見つからなかった」

振り返ったユーグは、口の端に笑みを浮かべた。

（ほんとにやったんだ……）

国王として押しも押されもせぬ存在になったのに、寵姫役をさせたリアンが心配だからと、納戸のような場所に潜んでいただなんて。

リアンはうっすら感動していた。

ユーグはその間にも、舞うように襲撃者を始末していく。潜んでいた黒薔薇団の者達も剣を抜いて加わった。でも襲撃者の数が多すぎた。

すぐに、リアンに短剣を投げていた暗殺者に対処していたアニーが戻ってきたが、二人だけでは周囲を囲まれてしまった。

そこに、参加者が庭へ逃げきってがらんとした扉から、複数の人間が駆け込んでくる。

参加者の護衛を任せていたレベッカと衛兵、そして最後に現れたのは。

「あ……」

二十一年前は、まだやんちゃな少年だった。

伸び悩んでいた背は高くなって、肩幅もしっかりとした男性になっていたけれど、薄茶色の髪の癖もそのままだし、顔に面影がある。

「カミル」

つぶやいてしまった名前は、前世でリアンが面倒を見ていた少年のものだった。アニーよりも前に拾った子供で、手ひどい捨てられ方をしたせいなのか、リアンが面倒を見始めた頃は乱暴さがなかなか収まらなかった。

それも怯えのせいだとわかっていたから、何度も抱きしめて寝付かせてやった思い出が、リアンの心をよぎる。

カミルに指揮された黒薔薇団達はユーグを援護し、たちまちのうちに敵の数を減らしていく。

毒を塗った矢を使って暗殺者達を倒し、接近戦になれば毒の剣で相手を圧倒していった。

このまま一掃できるかと思った時だった。

舞台の上で、新たな炎が上がった。

しかも勢いがすごい。高く燃え上がって天井を焦がす勢いのまま、近くの壁や床へと急速に広がっていく。

やがて天井に達した炎のせいで、シャンデリアの蝋燭《ろうそく》が溶けてぼたぼたと落ち、落下の衝撃で消える。

壁際の燭台の火は、炎から吹き出す風で頼りなく揺れて、消えてしまった。

とたんに薄暗くなった舞踏場で、リアンは顔をしかめた。

「油の臭いはしなかったのに……」

まるで油を撒《ま》いたような燃え方だ。

炎は、エルヴィラ王女が飾りとして置かせていた、パーティー後に配るはずのプレゼントの箱から強く上がっていた。

またたくまに舞踏会場のあちこちに火がついて、天井も燃え始めた。

一気に舞踏会場内の温度が上がる。

そんな中、リアンは贈り物として置いていた箱から、なにかの種のようなものがこぼれ出ているのが見えた。それが火にあぶられると簡単に引火して、思った以上に強い炎を上げた。

「あれは、油を含んだ種じゃないのか？」

「これが侍女達が購入していたもの……」

ユーグの言葉でふと思い出した。エルヴィラ王女の侍女達が集めていたという道具。それが、引火しやすい油の原料だったのではないだろうか。

乾燥しているので、種の外殻は着火剤代わりになり、油が炎の勢いを増加させるのだ。

たぶん、他国でパーティーのために借りた場所、しかも自分達を警戒しているのなら、安易に油を撒いたりできないと考えて、それを使ったのだと思う。

そしてエルヴィラ王女を誘拐させた後、犯人達を追いかけられないよう、舞踏場を燃やして消火に王宮の衛兵達を引き付けるつもりだったのではないだろうか。

すると、傍らから弱々しい声が上がる。

「もう……用なしだから始末されるのね。冥途《めいど》の土産《みやげ》に、恋愛物語の実演を最後まで見たかったのに、それすらも叶《かな》わない人生……ひどい」

エルヴィラ王女の美しい瞳《ひとみ》に涙が浮かぶ。

その時、ああ、とリアンは理解した。

たぶんエルヴィラ王女は、庶子として生まれて政略結婚しか生きる道はないと教えられてきたのに違いない。もっとやりたいこともあったはずだ。でもそれは政略結婚に必要ない、もしくは邪魔だからと遮られて……結果、唯一許されたのが読書だった。

なのでエルヴィラ王女は読書に没頭し、政略結婚の国に送り込まれてからも、逃避行動として本ばかり読んでいたのだと思う。

リアンはむかっとした。

自分もまた、前世では捨てられた子供だった。その時の悔しさや憎さを思い出してしまう。

「どうする、リアン」

襲撃者をけん制しつつ、側に来たユーグが尋ねてくる。

正直、この状況はそう悪くない。

パーティー参加者のほとんどは、すでに侍女達の告白を耳にしたので外へ逃がしている。

舞踏会場にいるのはリアンとエルヴィラ王女にユーグ。アニーを含む黒薔薇団の人間と、この計画をあらかじめ知った上で暗殺者と戦うよう指示されたレベッカと衛兵達だけだ。

そして……リアンがあらかじめ黒薔薇団に依頼して仕込んでおいたものは、花瓶からその姿をのそりと現わしている。

暗くなって物が見えにくい舞踏場の中。燃え盛る舞台の上ばかりが目立つ中で、誰もがそこに目を向けないから気づかれてはいないようだ。

「そろそろ強制的にお開きにしましょうか」

リアンは右の袖《そで》に隠していた細いナイフを取り出す。入れ物に並べて収めていた細い針のようなナイフは、その先が黒い。

「アニー、みんなもよけて」

リアンはそれを、襲撃者に向かって飛ばした。

ぽんと投げられただけのそれは、すぐに剣で叩《たた》き落とされてしまう。

叩き落とせるぐらいにしたのは、むやみに避けられてしまうことを防ぐためだ。

代わりに、衝撃で散る黒い粉。それが襲撃者達に降りかかる。

「何を……？」

首をかしげるユーグに、「下がって」とリアンは言う。

よくわからずリアンの近くに寄ったユーグは、代わりのように背後から伸びた黒い影に
ぎょっとした。

たぶん、ユーグは振り返って見ただろう。

あちこちの花瓶から黒い蔓《つる》が伸びているのを。

黒い蔓は、暗い中では目立たない。じわじわと急成長して床を這《は》い、標的を見つけると一気に向かっていくのだ。

アニーやカミル達は、食い入るようにその様を見つめている。

「あれは何だ？」

「水の中に、ある毒素と一緒に入れておくと急成長する薔薇です。私には絡みつかないけど、もう逃れられないわ」

リアンはあらかじめ、対策をしていた。

この不思議な植物は、前世もよく使っていた。薔薇に似た花も咲くので、黒薔薇と呼ばれている。そのせいでリアンが創設に関わった秘密結社も、黒薔薇団と呼ばれるようになった経緯があったのだけど。

「拘束できたらして。そうでなければ殺していい」

その指示が聞こえたかのように、黒薔薇達は残っている暗殺者達に絡みついた。

「くそっ！　何だこれは！」

切り裂いて逃れようとするが、そうするとさらに脇芽を伸ばして絡みついていく。

そうして行動を阻害された暗殺者達を、ユーグ達が処理する。

リアンの視線は、侍女達に向けられる。

「アニーはこちらの拘束を手伝って」

リアンは侍女達に近づいた。

彼女達は逃げようとしたものの、扉近くに立っていたアドルフォと衛兵達のせいで立ち止まるしかなくなっていた。

エルヴィラ王女も、リアンと一緒に侍女達の前へとやってきた。

「一体どういうことなの⁉」

何も知らなかった王女が、自分の故郷からついてきた侍女に言う。

侍女達は口を閉じたままだったものの、エルヴィラ王女のことをどこか見下したような目をしていた。

状況から自分達の罪が明白だからこそ、開き直ったのかもしれない。

だから、内心ではずっと見下して道具の一つと思っていた王女に、素の感情がのぞいているのだと思う。

（でも、決定的なことさえ言わなければ、まだ被害者面ができてしまう。エルヴィラ王女も全

てが元に戻った方がいいからと、信じてしまう可能性もある。さてどうしましょうか）

ここで痛い目にあわせ、白状させるという方法もある。そうすると今度はエルヴィラ王女への衝撃が強くなりすぎて、リアンの計画からはずれてしまいそうだ。

だからアニーに目配せして、侍女にナイフを目の前に突き出させた。

首元だなんて方法では、恐ろしさが半減する。そう思ったのか、アニーは侍女の目と鼻の先、すぐに突き刺さりはしないけれど、切っ先がよく見えるように突き付けたのだ。

そんな脅し方をされると思わなかったのか、ナイフを突き付けられた侍女以外も、恐怖で青ざめる。

「いやっ、私達を殺そうとするなんて、ひど……」

「別にひどいことじゃないわね。私は命令通りにやるだけよ。逃げたら即実行するわ。……いえ、面倒だから逃げないように足の腱《けん》を切ってしまいましょうか。それぐらいならすぐに死なないし」

淡々と言いながら、アニーが左手にもナイフを取り出してみせたところで、侍女達はその場にへたり込んだ。

「正直に話したら、命は助けてあげるわ。拷問もよしてあげましょうね」

リアンは彼女達の側にしゃがみ込んで、優しく教えてあげる。

「こちらは、おおよそのことは掴んでいるの。だから嘘《うそ》をついたらすぐ、悲惨なことになるから……素直になってくれるわよね？　だって綺麗なまま生きていたいでしょう？　顔なんかに怪我をしたまま冷たい牢屋《ろうや》に入れられたら、痛くて辛《つら》いでしょうね。手当もおざなりになるだろうし、痕《あと》が一生残ると思うわ」

無傷で牢に入れられるか、それとも顔を切り裂かれて牢で放置されるか、どちらかを選べと言ったようなものだ。

リアンの言うことを理解したのか、ナイフを突き付けられた侍女が震える声で話す。

「私達も、命令で……。わ、我が帝国の目的を達成するためなら、姫様の命も使ってよいと」

「お父様ですか……？」

どうせ父の命令だろうと、投げやりにエルヴィラ王女が吐き捨てた。

けれど侍女は「いいえ」と答える。

「いいえ、陛下は……捨て置かれてもランバート王国に居さえすればいいと……。けれど第一王子様が、そんな悠長なことをするよりはと、今回の計画を……」

「王女が死んだなら、攻め込むにも理不尽な要求を突き付けるにも使える理由ができるものね？」

「そう、そうです……」

リアンの言葉を、侍女は肯定した。

エルヴィラ王女は、故郷からの非情な命令の内容に唇をかみしめる。

たぶん、父王の命令で殺されそうになったのなら、半ば諦《あきら》めていたことだから無気力になるだけだったかもしれない。でも命令したのは自分の異母兄だったのだ。

怒りを感じているけれど、やり返すにはエルヴィラ王女は力がなさすぎる。手先として使える人間もいない。悔しさに歯がみするしかないのが現状なのだろう。

「詳細は後で聞きましょう。陛下、この侍女達を連れていき、消火活動を」

「わかった」

ユーグに頼むと、彼の指示でその場にいた衛兵達が侍女を拘束して連れていき、入れ替わりに沢山の衛兵や使用人が入って、消火活動を始める。

その人の波に紛れるように、黒薔薇団の人々もほとんどが姿を消した。

彼らの仕事は終わったのだ。早々に王宮を出て元のねぐらに帰っていくのだろう。

横目でその様子を見たリアンは、まだ両手を握りしめてうつむくエルヴィラ王女に言った。

「復讐《ふくしゅう》したいですか？」

リアンの問いに、王女はうなずく。

不可能だとわかっているけれど、リアンがこんなふうに尋ねるということは、方法を与えてくれるのかもしれないと、エルヴィラ王女は期待の滲《にじ》む眼差しをリアンに向けた。

これこそが、リアンの待っていたものだ。

「策をお教えしましょう。黒幕とどういう形で決着をつけるかは任せます。代わりに、私達の言う通りにしてくださいますか？」

　エルヴィラ王女はしっかりとうなずいた。

「あなたに従います」

　彼女の言葉に、リアンは心の中で喝采《かっさい》を上げた。

（やったあああああ！　これで完璧《かんぺき》！）

　リアンとしては、この事件の決着を、帝国の侍女に紛れ込んだ王女を恨む人間のせいで起きた事件だ、と公表するつもりだった。

　罪は全てこの侍女達が負う。

　そして王女は管理責任を取る形で、自ら帝国へ帰るという筋書きだ。

　しかもランバート王国には一切の問題がない形になる。むしろ後日、帝国となんらかの交渉事があった時に、この一件を貸しとして使うこともできるのだ。

　これでしばらく、帝国側からはランバート王国に手は出せないだろう。

　侍女達が牢へ引きずられて行った後、リアンは喜びを表面に出さないようにしながら、王女にその話をして約束をしてもらう。

「帰国されてからの策については、落ち着いてから詳細を詰めましょう」

　うなずいたエルヴィラ王女は、先に舞踏場から出る。

　もちろん元の部屋ではなく、王宮の本宮に部屋を用意しているし、警備もすでに万全にしているはずだ。

帝国側がさらなる手段を隠しているかもしれないので、最初から安全な場所を準備していたのだ。

王女が外へ連れ出され、リアンはようやくほっとする。

さて、と思ったところで声を先にかけたのは、カミルだった。彼だけはまだ、その場に残っていたのだ。

「黒薔薇妃殿」

リアンはカミルの方を向く。

混乱したような、切羽詰まったような表情をしているカミルに、何を言われるのかわかっていたので、先に口を開いた。

「今回は依頼を受けてくださってありがとうございます。こんなに上手くいくとは思わなかったです。ご老人の教えは覚えておくものですよねぇ」

暗に『黒薔薇団への依頼方法も、さっき使った黒薔薇も、人から教わった』と言ったリアンに、カミルは少し落ち着いたようだった。

「人から聞いたとは報告を受けていましたが……。一体どういうご老人で？」

まさか目の前にいる年下の娘が、前世で自分達が『母さん』と呼んでいた人物だとは思わず、カミルはわりと素直にリアンの話に乗ってくれた。

でもそれもおかしくはない。転生なんて、信じる方が頭がおかしいと言われてしまう国だ。社会の闇で生きている一方でその考えに染まっているカミルも、理解しやすい方向に話が向いたから安心したのだろう。

(私だって、実際に転生しなかったら信じられなかったものね)

常識というのは、そういう作用をするのだ。

そんなことを考えつつ、カミルに答えた。

「旅の方だったんですけれど、ある貴族の縁者だということで、故郷の館《やかた》に一月ほど泊まっていったんですよ。その時に王都の面白い話をいっぱいしてくださって。冒険活劇みたいに、秘密結社を作った女性の話をしてくれたんです」

すると、アニーが「一体誰……」と険しい表情になった。

その老人の身元を突き止めたら、後ろから刺しに行きかねない凶悪な顔だ。一方で、そんな表情をするのだから、彼女もリアンの嘘の方を「本当の話」として受け入れたのだと思う。

「後で、その方は話していた貴族の家とは関係なかったとわかって、父も驚いていたんですけれどね。人生、不思議なことは何度かあるものだと言って、うちの家では忘れることにしていたんです」

だから、それが誰だったのかはわからない。

リアンがそう言うと、カミル達はあっさりと引き下がってくれた。

なによりユーグが「君も怪我はしていないか？　もう休むべきだ」とリアンを抱え上げたせいで、話が中断したのだ。

「あの、陛下。抱え上げる必要はないのでは？」

寵姫のふりには慣れてきたけど、昔面倒を見ていた子供達の前で、抱き上げられるのはなんだか気恥ずかしい。

（でも不思議。あの頃生まれてもいなかった陛下には、年下だっていう意識がないのよね）

一度も会ったことがないからかもしれない。アドルフォもパルティアも、近い年齢という感覚があるから。

その分だけ、妙な恐ろしさを感じる。

同じような年齢だからこそ、謝罪の意味でも結婚のことを話されれば現実味を感じてしまう。

断るしかないと思っているのに、断りにくいのは、どうしてなのか。

そしてユーグは、もう演技をする必要はないのにがんばるつもりらしい。

「演技を始めたのだから、最後までまっとうするべきではないかと、パルティア嬢に言われたんだ」

「最後までまっとうする？」

一体どうやってだろう？

（あの物語の最後は、結婚することだけど……？）

つい先日、ユーグに責任をとると言われたことを思い出してしまう。

君が欲しいと、はっきり告げられてリアンの頭の中が真っ白になり、何も考えられなくなった瞬間を。

あれからずっと、返事はしていない。

のらりくらりと引き延ばしてしまったのは、自分の気持ちがよくわからないまま、答えを言いたくなくて……。寵姫役の演技をするのに、あの事を考えてしまうと上手くセリフも言えなくなってしまうのだ。

ユーグはどう思っているのだろう？

あの時引き下がったのだから、リアンが望むような返事をしないだろうと予測しているかもしれない。王妃になるのがダメならと、別な償いを提示してくる可能性もある。

（どうしたらいいんだろう）

冷静な心の一部が、『気の迷いで頭が真っ白になっただけよ。王妃になったって苦労するだけよ』とささやく。

でも断って、ユーグと顔を合わせにくいからと王宮を離れ、王都で家を持つなり田舎《いなか》の家へ帰ったとしたら……。

（それは少し、寂しい）

女官になる時、家族と離れるのも寂しいと感じた。

でもそれとは少し違う。一度離れてしまったら、もう二度と会うことはない。それがなんだか切ない。でも理由がわからない。

考えているうちに、庭に出てしまった。

庭で一体どうなるのかと話していた人達に、アドルフォが適当に話をでっちあげて説明している。

『寵姫である黒薔薇妃が狙われて、舞踏場は燃えている。消火活動をするので、みなさん帰宅してください』と。

エルヴィラ王女が狙われた話は一切出さない。

ランバート王国でエルヴィラ王女が狙われたとなれば、帝国がいいがかりをつけてくるだろう。自分達が計画したことでも、証拠があっても、帝国は力があるからこそねじ伏せようとしてくる。

「陛下、黒薔薇妃様は手当てが必要ですか？」

「こちらでお運びしますので」

沈黙しているユーグには、衛兵や、ユーグに取り入りたい貴族が寄って来る。

夜なので、いきなり怒らないだろうと思って側に来たのだと思う。

しかしユーグはリアンを手放さなかった。

「いや、妃は僕が連れていく。……怖かっただろう？」

いつもより、少しだけ抑揚が出たものの、やっぱり平坦なセリフのユーグに、リアンは笑いそうになる。

結局最後まで、棒読みは完全に直らなかったようだ。

さて、リアンも返事をしなくてはならない。

最後の演技なのだから、エピローグにでもあるようなセリフを引っ張り出せばいいのだろう。

そんな気持ちでリアンは言った。

「陛下がいてくださったので、怖くても我慢できました」

微笑んで言えば、ユーグが驚いたように目をみはった。

次に最後の仕上げだ。物語のエピローグでは、花が咲き乱れる庭園で愛をささやいて、抱きしめ合って話が終わる。

そのつもりなのか、ユーグはゆっくりとリアンを下ろした。

足を地面につけてほっとしたリアンだったが、ユーグが仮面を取り、その場に投げ捨てたことにびっくりする。

(代わりが沢山あるのは知ってるけど、どうして?)

でも驚いて、声すら出せなかった。

ユーグが真剣な眼差しをリアンに向けているから。

縫い留められたように、身動き一つできなくなる。

そのうちに、ユーグの顔が近づいた。

（え、今さらキスのふりまでしなくても……！）

でも拒否して逃げるなんて論外だ。沢山の人が見ているのに、お役ご免になる前に寵姫が国王の愛情表現を嫌がるなんてありえない。

迷っているうちに、リアンの唇に彼の唇が重なった。

ほんの一瞬のことだったが、結婚式の時を思わせる口づけに、リアンは混乱する。

（なんで？　抱きしめるのはどこへ行ったの？）

見本と違う。どうしたらいいのかと混乱していると、ユーグが言った。

「僕の黒薔薇。これからもずっと側で咲き続けてほしい。君以上の人はいないんだ」

そしてリアンを抱きしめる。

しばらく、周囲の誰もが、時が静止したように黙っていた。

きっとユーグが言うはずのない言葉を聞いて、驚いたのだろう。

やがて周囲の人々の間から拍手が起こった。

拍手はやがて、遠巻きにしていた人達にまで広がっていく。その誰もが、生温かい眼差しをリアンに向けていた。

最初に拍手をしたのがアドルフォだったのを目撃してしまったリアンは、理解した。

（まさか……はめられた!?）

王妃になる道から逃げられないよう、ずっと側にいてくれという言葉を、沢山の人に聞かせたのか。気づいたリアンは、愕然《がくぜん》とした。

不意打ちはひどいと思いながら見上げたが、ユーグの瞳が優しく細められたのを間近で見て……。

どうやらユーグは本当に自分と結婚したいのだと、感じたのだった。

エピローグ

王宮の正門へ向かうエントランスは、人でごった返していた。

家に戻ろうとしている後宮妃達が、我先にと集まったからだ。

荷物が多いので、実家から呼び寄せた使用人の数も増え、そんな塊がいくつもあるだけで、広いはずのエントランスがイモ洗いのようになっている。

そして女性達が集まれば、寡黙な人ばかりではなく、多少交流のある人間同士なら自然と会話が発生する。

そのまま愚痴に発展した末に、誰《だれ》かが叫んだ。

「急に寵姫《ちょうき》が現れるなんて、なにかの陰謀だと思っていたわ！」

声からすると、第四妃だろう。

「わたし、メイドに聞いたわ。なんでも彼女、東の聖王家の縁者らしいって。だから呪《のろ》いが効かず、そして帝国の王女の侍女達を陥れる手勢を持っていたらしいわ！」

ついでにばらまかれる噂話《うわさばなし》。でも本人達はそれが真実だと思って話す。

主に話題を振っているのは、第十妃だ。

ぽちゃっとした彼女は、美味《おい》しいお菓子とお茶を用意すると、とても沢山色んな人の話を聞いてくれる。それがメイドでも、優しく話し相手になってくれるのだ。

それを利用してユーグがメイドを使って吹き込ませた嘘《うそ》を、こういった場所で披露してくれたらしい。

「だからなのね！　陛下がもっと美人な私に振り向かなかったのは！」

騙《だま》された！　と悔しそうにしているのは、第四妃だ。

そんな彼女達は、エルヴィラ王女が帝国へ戻るのならと、後宮を出て家に帰ることにしたのだった。

なにより、あの舞踏場での事件の時、公衆の面前でユーグとリアンがいちゃいちゃしたことで、完全に割り込む隙《すき》がないと判断したに違いない、というのはアドルフォの評だ。

後宮を下がるという申し出を受けて、ユーグはもろ手を挙げて了承した。

そして今日《きょう》、元後宮妃達が一気に帰宅の途についたのだ。

ラモナやレベッカは、「楽しい経験でしたわ」と一足先に家に戻り、パルティアも公爵令嬢の立場に戻って、再びアドルフォとの婚約を結び直したらしい。

――当のエルヴィラ王女は、明日に帝国へ旅立つことになっている。

その前にと、リアンの部屋に挨拶《あいさつ》に来てくれた。

「本当にありがとうございます」

　エルヴィラ王女はすがすがしい表情でリアンに言った。

「政略結婚をする気もなかったし、自分を好きじゃない相手と一緒にいるのも苦痛だし、あんな形で自分の故郷から追い払われるのは、本当に腹が立っていたのです」

　エルヴィラ王女は「なのに」と頰《ほお》を膨らませた。

「早く帝国へ戻ってとっちめてやろうと思っていたのに、先日、早馬で送られたとしか思えない手紙が来たんですけど、何て書いてあったと思います⁉　陛下の父、前国王を夫にして王位を取り戻させれば王妃になれるとか、とんでもない指示をしてきたんですよ！」

「あはは……」

　帝国の機密が、エルヴィラ王女の口からダダ漏れている。

「だからわたしは本国へ書き送ったのです。完全に権力を息子に奪われて、厳密に幽閉されたおじさんと結婚して、何の得があるの？　って。息子から父親に結婚相手を乗り換えて、帝国の名前を貶《おとし》めるつもりですかと。……ちなみに手紙を送ってきたのは兄でしたが、返信は父に送りました」

　エルヴィラ王女は鼻息荒く言った後で、急にもじもじし出した。

「あの、それで……。帰る前にちょっと……」

「何か頼み事でも？」

促すと、エルヴィラ王女は恥ずかしそうにうなずいた。

「その、黒薔薇《くろばら》妃様を、お姉様とお呼びしていいかしら？　と思って」

「お姉様、ですか？」

はて、たしかリアンの方が年下だったような？

首をかしげるリアンに、エルヴィラ王女が説明してくれる。

「実は、わたしが好きなお話の一つに、騎士や従弟《いとこ》の王子から暗殺組織までを傘下に置いた女王のお話があるんですの。モデルは数百年前の帝国の女王らしいのですけど。その女王に救われた、従妹《いとこ》にあたる姫の立場が少し自分と似ていて……。その、リアン様がまるでその女王に思えるので。だからお姉様と呼んでみたくて……」

物語となぞらえた関係性をリアンと作りたいらしい。

「そうできたら、きっとわたし、帝国でも強く生きていけると思うのです」

ずっと、物語だけが自分のよすがだったエルヴィラ王女にとって、最高の心の盾になる。そう言われて、リアンはうなずいた。

「そういうことでしたら」

それでリアンに親しみを感じ続けてくれるのなら、断る必要などない。

「ありがとうございますお姉様！　きっと、帝国へ戻ったらあちらの情報も書き送りますわ！こういった隠密ごっこもしてみたかったんですの！」

楽し気に言い、エルヴィラ王女は帝国への旅路につくため、部屋を出ていった。

「隠密ごっこね……」

エルヴィラ王女は、それが簡単で楽しいものばかりではないとわかっている。それでも、帝国に少しでも自分が打撃を与えられる存在になれること、それが嬉《うれ》しいのだ。

そんなふうにエルヴィラ王女のことを考えていたら、ふいに声をかけられる。

「ずいぶん懐かれたな」

「陛下」

庭へ出るベランダ窓が開けられていた。そこに隠れるようにして、ユーグが立っていた。

エルヴィラ王女が今どんな考えを持っているのかを知りたくて、ひっそり聞いていたんだろう。

彼は部屋に入って窓を閉じると、窓枠に身に着けていた仮面を取って置いた。

「君は人たらしの才能もあるんじゃないのか？　黒薔薇団の者についてもそうだった。どうやって、黒薔薇団の者から協力を得られたのか……」

「あ、あはは」

リアンは笑って誤魔化した。

黒薔薇団がどんな代償とひきかえに、護衛や情報収集まで手を貸してくれたのか、ユーグ達は不思議に思っているらしい。

リアンは「それを明かすと契約違反になって、もう二度と手を貸してもらえなくなってしまうので」と言い、なんとか濁していたのだ。

まさか団長のおねしょの話で脅したとか、そんな真実は言えない。

「なんにせよ、これで後宮の主は君だけになったな」

「あの……なぜ後宮を解散しないのですか？　後宮棟もそのままの体制を維持するそうですが、いるのは私だけですし。費用もかかりますでしょう？」

もう必要がないのに、なぜだろう。

そもそも自分は、いつまで後宮妃をやるのか。女官に戻ろうかと思うと話しても、少し待ってくれと言われていたのだ。

（たぶん、返事をしていないせいだと思うんだけど……）

舞踏場での暗殺事件の時に、ユーグが本気だということを察してはいたのだけど、リアンはユーグの求婚に対して返事をせずにいた。

聞かれなかったので、引き延ばしてしまっていたのだ。

リアンは「はい」と言うのも、「いいえ」と言うのも選べずに困っていたのだ。

気持ちだけなら「はい」と言いたい気がする。でも今後の困難や安眠生活を守りたいなら「いいえ」と言うべきだ、という理性がリアンを押しとどめていた。

するとユーグが言った。

「王妃が決まらないからな。そうなって欲しい人の了承が得られていない」

「あの、本気で王妃になれと……？　王妃役ではなく？」

ユーグは真面目《まじめ》な表情でうなずく。

「恋人役をしてみてわかったんだ。今まで、他《ほか》の女性達ではどうにも恋ができないと感じていた理由を。他の貴族令嬢は、実家が守ってくれるからこそ、堂々としていられる。でも……君は、そんなものなどなくても強くて、芯《しん》のある人だ。そういう人だとわからないと、安心して気持ちを傾かせられないらしい」

ユーグにしても、幼少期からの経験のせいで、「守ってあげたい人に恋しよう」とは思えなかったのだろう。自力であがけない女性では、母親のように暗殺の危機に陥った時に、守り切れない不安があるから。

自分もユーグも、心理的な傷が深いのだなと苦笑いしたくなりつつ、リアンは応じた。

「芯のある人なんていくらでもいますでしょう？」

「君の姿形と、声も必要だ」

その言葉にはドキッとしてしまう。が、信じられない。

「わ、私なんて十人並みですから……」

「誰を好ましいと思うのかは、僕の自由だ。それを決めるのは、他人の意見じゃない。僕にとっては、君は美しい黒薔薇だ」

とっさに言葉が出ない。

前世ならそこそこの美人だったという自負があるので、黒薔薇のように美しいと言われ慣れていた。

でも今の容姿で、強い印象を残す黒薔薇にたとえられて……なんだか気恥ずかしい。

まごついていると、ユーグがふいに別の方向から勧誘してきた。

「リアン。王宮の女主人になるのが嫌なら、君の手で我が国の諜報《ちょうほう》を担ってくれないか？　秘密結社の黒薔薇団へ依頼できることもそうだし、今回のエルヴィラ王女暗殺阻止の時の計画もなかなか良かった」

「私は安全に生きるつもりなんです。だから諜報とか、人の闇《やみ》の部分をのぞく仕事をするなんて考えていません！　そっちは嫌です！」

必要もないのに、社会の裏に関わりたくない！

そう言い切ると、ユーグが嬉しそうに微笑《ほほえ》んだ。

「それなら、王宮の女主人の方がマシだと思わないか？　王宮に女官として勤めていても、陰謀に巻き込まれることはあるし、それよりは王妃として権力を持った方が、日の当たる場所を歩きやすいだろう？」

リアンはうなる。

彼なりに、口説《くど》いているのは理解している。しかもユーグは、ここに至るまでじっくりと返事を待ってくれていたのだ。

でももう一歩、決断できない。

なによりも前世の四十一年間と今の十七年間、一度だって心から求婚に『はい』と答えたことがないせいかもしれない。誰のどんな言葉も、疑ってきたから。

それに……ユーグがどうしてそこまで、自分を気に入ってくれたのかがわからないのだ。

同情だけなら、いつだって気持ちは変わってしまう。

するとユーグが言う。

「どんな理由でもいい。君に僕の側《そば》にいてほしいんだ。君になら、生殺与奪を握られてもいい」

それが、最後の一押しになった。

命まで捧《ささ》げる求愛に、リアンの心が揺れてしまう。

相手が全《すべ》てを捧げてきたのに、それを疑うことなんてできない。

（思えば、子供達を拾ったのも、行き場を失って、全て私にゆだねてきたからだった。デリア前王妃に肩入れしたのも、崖《がけ》っぷちの彼女が、全てをかけて私にお願いをしてきたから……）

リアンのなけなしの良心が嘘をつくことを拒絶してしまい、そういう相手には本心を出すしかなくなるのだ。

でも一言「はい」と言うだけなのに、リアンはどうしても声が出なかった。

誰かと一緒に暮らすことを決断するのが、怖い。

ユーグはそれを理解していたのか、待ちきれなかったのか。

「君が返事をしにくいのはわかっている。でも僕を拒否する気がないのなら、返事の代わりに、目を閉じて逃げないでくれ」

そう言ったかと思うと、ユーグが身をかがめる。

リアンはとっさに目を閉じた。

何が起こるかは、察しがついていた。でも言葉で返すよりも、ただ黙って待つ方がリアンには楽だった。

言葉にすることなく、ふれあうことでリアンは答えを返した。

自分より少し温度の低い肌。

唇だからこそより感じる温度の違いに、自分ではない人間と触れていることを意識する。

その時ふと思い出したのは、演技に使った物語のことだ。

あの恋愛物語の主人公は、唇でふれあっても嫌じゃないことが、相手を愛している証拠だと語っていた。

好きな相手なら、怖くもないし、もう少し……と思ってしまう、と。

やがて離れた後で、ユーグの明るい表情を見上げたリアンは、ふと理解したのだった。

自分も、目を閉じて無防備になることが怖くはなかった。

恋なのかはっきり認めるのは怖いけど、この人を信頼しているのは間違いない。

だからこそ、ユーグとなら一緒にい続けられるのではと思えた。そして、もうこんなふうに思える人には出会えないかもと感じたから……。

「あの、お試し期間を設けていただけますか？」

最大限の譲歩で、せめてこの気持ちが本当か確かめる時間が欲しいと要求してみた。こじらせすぎて、もう少しだけ確認して自分が納得できるようにしたかったから。

「君がそう望むのなら」

ユーグは楽しそうに微笑んだのだった。

あとがき

初めまして、もしくは再会できてうれしいです！　佐槻奏多です。

この度は『こじらせ寵姫は陛下と恋愛本で演じ中』をご購入いただきありがとうございます。

今回は生まれ変わった主人公が、なるべく穏便な解決のために寵姫になってくれと頼まれるお話になりました。

しかし、こじらせてる主人公は普通の恋愛をしてくれません。

前世では親に捨てられ、秘密結社の創設に関わった女幹部だったせいもあり、素直に危機に陥って、ヒーローに助けられてくれないので、『憧れの陛下に、寵姫役を頼まれちゃった……』というドキドキの方向に行ってくれない。

……そもそも私の書く主人公に、王道の恋愛の仕方をしてくれる女性はいなかったかもしれませんが。

それでも、意識してなかったはずなのに……という恋愛にはなんとか至りました！

実はヒーローも一筋縄ではいきませんでした。

今回は国王です。

前世に関わっていないので、前々作のヒーローのように最初から主人公を好きというところから、スタートできません。

そして参謀役がいるとはいえ、苦労して来た国王なら、それなりに頭が回るはずだし、初めて出会った女性にすぐドキドキするのは、ひとめぼれ以外ありません。

しかも自分の状況と国の問題から、ひとめぼれなんて危険なことは、起こっても排除するような人物になってしまい……。

お話を考えつつ、「君達はどうやって恋愛する気なんだい？」と聞いてしまいそうになった作者でした。

が、なんとか恋愛感情にまで至ったので、ぜひその経緯を追っていただければと思っております。

さらにこの作品の難題は、やはり『平和な解決』でしょう。

少女小説ですし。

しかし作者にとっても、平和な解決は意外と難敵でした。

なにせ巻では、現実に戦争が起こっている状況。

そして数日おきには状況をチェックし、いつのまにか武器関連の名称やら射程距離が頭にインプットされつつあった作者です。

それを先読みした鋭い編集様から「戦争ネタはやめておきましょう」と、言われておりました。

結果、自衛隊総火力演習をチラ見しつつも、「それならばメイン登場人物が血みどろで解決するのも……」と悩みつつ書きました。

最後には水戸黄門的な「やっておしまいなさい！」シーンがありつつも、平和に敵との対決は解決できたような気がします。

安心してご覧いただければと思います。

基本的には、こじらせた二人が自分の一番苦手な分野を練習し、試行錯誤しつつ敵に認めてもらう（？）和やかなお話となっております。

さて今回も、様々な作業にご尽力いただき、横道にそれてしまいそうなところを戻していただいたりと、担当編集様には大変お世話になりました。ありがとうございます。

イラストを担当してくださった深山キリ様、恐ろしく美しい表紙にどびっくりしました！　ヒロインは可愛らしさもさることながら、これぞ！　というドレスをデザインしていただいて感謝感激です！

ヒーローはこんな感じだといいなーと妄想していた姿でデザインしてくださって、

テレパシーでも伝わったのかと思いつつ喜んでおります！

さらにこの本を出版するにあたり、ご尽力頂きました編集部様や校正様、印刷所の方々、そして何よりも、この本を選んで下さった皆様に感謝申し上げます。

少しでも楽しんでいただけましたら幸いでございます。

佐槻奏多

こじらせ寵姫《ちょうき》は陛下《へいか》と恋愛本《れんあいぼん》で演《えん》じ中《ちゅう》

2022年11月１日　初版発行

著　者■佐槻奏多

発行者■野内雅宏

発行所■株式会社一迅社
〒160-0022
東京都新宿区新宿3-1-13
京王新宿追分ビル5F
電話03-5312-7432（編集）
電話03-5312-6150（販売）

発売元：株式会社講談社
（講談社・一迅社）

印刷所・製本■大日本印刷株式会社

ＤＴＰ■株式会社三協美術

装　幀■今村奈緒美

ISBN978-4-7580-9500-6

●この作品はフィクションです。実際の人物・団体・事件などには関係ありません。

この本を読んでのご意見
ご感想などをお寄せください。

おたよりの宛て先

〒160-0022
東京都新宿区新宿3-1-13
京王新宿追分ビル5F
株式会社一迅社　ノベル編集部
佐槻奏多《さつきかなた》 先生・深山《みやま》キリ 先生